❧ Cartas do Rio ☙

R. SATURNINO BRAGA

~ Cartas do Rio ~

EDITORA RECORD
RIO DE JANEIRO • SÃO PAULO
2011

CIP-BRASIL. CATALOGAÇÃO-NA-FONTE
SINDICATO NACIONAL DOS EDITORES DE LIVROS, RJ

Braga, Roberto Saturnino, 1931 –
B795c Cartas do Rio / Roberto Saturnino Braga. – Rio de Janeiro: Record, 2011.

ISBN 978-85-01-09222-9

1. Romance brasileiro. I. Título.

11-1331
CDD: 869.93
CDU: 821.134.3(81)-3

Copyright © by Roberto Saturnino Braga, 2011.

Capa: Carolina Vaz

Texto revisado segundo o novo Acordo Ortográfico da Língua Portuguesa.

Direitos exclusivos desta edição reservados pela
EDITORA RECORD LTDA.
Rua Argentina 171 – 20921-380 – Rio de Janeiro, RJ – Tel.: 2585-2000

Impresso no Brasil

ISBN 978-85-01-09222-9

Seja um leitor preferencial Record.
Cadastre-se e receba informações sobre nossos
lançamentos e nossas promoções.

EDITORA AFILIADA

Atendimento e venda direta ao leitor:
mdireto@record.com.br ou (21) 2585-2002.

I
As Cartas

Edgard,

Nunca o chamei de querido, nem você a mim, não sei bem por quê, uma certa reserva de pudor sempre guardamos um com o outro mas não era o caso, realmente, pudor, seria mais uma reserva em relação à vulgaridade que você toda a vida abominou e eu também, à banalização das expressões, querido pra cá, querido pra lá, todo dia, toda hora, que superficializa, tira o sentido mais profundo da expressão, um sentido que, hoje, cinquenta anos depois, podemos dizer um ao outro que esteve presente entre nós dois, o tempo todo, sim, o tempo todo, de minha parte, com certeza, de sua eu me arrisco a dizer que também, sim, sei o que digo, também, apesar dos seus inúmeros devaneios, oh, parece que os homens são programados para desejar muitas mulheres, coisa da natureza de vocês, desejar e até sentir amor, o amor do corpo, o amor do hormônio, muito diversificado em direção às curvas e aos odores femininos, astúcias da natureza, acho, em busca da missão maior da preservação da espécie.

Bem, querido, sim, não chamado assim no dia a dia mas tido neste grau de afeto durante toda a vida que juntamos, costuramos, em meio às raivas e contendas, claro, inevitáveis, às vezes muito fortes mesmo, verdadeiras explosões de ira, quem diria hoje, o casamento é uma disciplina que exige muitos freios de civilização, os tais que causam o mal-estar que Freud desvendou. Mas vale a pena, Edgard, se vale, a gente sofre, desgasta-se numa lida tão dura e tão constante, como numa escalada de vários Aconcáguas, mas quando se atinge o ponto de transposição, é aquele descortino maravilhoso, aquela luz, aquela paz deslumbrante que compensa tudo, isso de nossa vida unida de hoje.

E é precisamente essa amplitude diáfana do descortino de hoje que nos permite verificar, prazerosamente, mesmo orgulhosamente, que foi uma vida em comum enovelada o tempo todo numa atmosfera de benquerença, límpida, essa coisa que eu tenho para mim que é divina, que vem de Deus. Talvez para ressaltar essa harmonia de enlevos e labores houve os momentos de dissonância, os de grave desinteligência, não sei, de ruptura dessa atmosfera, fendida por um raio, sei lá, quatro momentos, claramente, dois seus e dois meus, os meus, minha falência de vida, meu desejo de morrer, e depois o caso com Francis; os seus, a paixão por Heloísa, oh meu Deus, e o desmoronamento daquele projeto complexo na universidade, maluco; quem sabe, momentos em que pareceu entrar um vero demônio no meio de nós e subverter a harmonia divina. Refeita entretanto logo adiante, nos quatro casos, completamente refeita, que bom.

Oh, que emoção, dizer isso tudo saído do fundo da concha da verdade, abrir assim quase em público essa caixa interna tão reservada para dizer com firmeza, fomos felizes, somos, temos sido e somos felizes, que emoção, Edgard, me percorre o corpo inteiro, que bom, meu querido parceiro nisso tudo, de verdade, e que cuidado, que recato neste dizer, não vá ele despertar invejas em outros demônios soltos por aí, que cuidado, Edgard.

Nosso casamento, com disciplina e clarividência nas doses adequadas.

Exige também comunicação fluente e honesta, o casamento? Eis uma polêmica interessante, eu mais do lado dos que defendem uma certa censura nas trocas verbais entre o casal, nas confissões de sentimentos, por exemplo: uma exposição muito sincera penso que arrasa qualquer relação conjugal. Acho que você é da mesma opinião, uma dose de omissão e até de mentira, mentira honesta, construtiva, é necessário, não só no trabalho e na política, como você diz, mas nas relações pessoais também, especialmente no matrimônio. Aliás, nenhuma das grandes religiões condena fortemente a mentira; condenam, sim, o falso testemunho, isto é, a acusação pesada e mentirosa contra uma pessoa com o fim de inculpá-la, isso, sim, gravíssimo. Mas a mentira corriqueira não é pecado capital, é venial, e bastante venial. Bem, é um ponto de vista mais antigo, contra os modernos, que sustentam que o casamento exige comunicação completa, verdade absoluta entre os cônjuges, não tenho mais tesão por você, meu amor, desculpe, enjoei, o grito do sexo dentro de mim se dirige agora a outra pessoa. Oh. Na verdade, os casamentos estão indo para o brejo, e deve ser por causa disso. Mas, pelo amor de Deus, não continue dizendo que foi a psicanálise que fez perigar o nosso!

É evidente que nossas pelejas conjugais tinham de se agravar e amiudar com a minha análise, você se enfurecia com as demandas que surgiam, acusava o tratamento, chamava-o de técnica para tornar as pessoas mais egoístas, mais materialistas, mais sensualistas, e atribuía a ela, que você chamava de falsa ciência, o desfazimento cada vez mais frequente de casais, de famílias, cuja existência depende, claro, de uma disposição concessiva de parte a parte, que a psicanálise talvez negasse, lembro-me tão bem, que luta para rebater seus argumentos errados, e para continuar buscando a minha parte, para enobrecer a minha parte naquela vida comum tão assimétrica! Sem negá-la, a nossa vida comum, ao contrário, querendo torná-la mais sólida e mais comum, aumentar o grau de comunhão.

Luta minha? Luta brava de todas as mulheres da minha geração, motivo de risadarias masculinas nos encontros de casais amigos daqueles tempos, Betty Friedan, acho que se chamava assim, a feminista chacoteada. Simone de Beauvoir, não, era respeitada, porque era escritora, pensadora, oh, mulher de Sartre, mas dizia-se que era tão inteligente e sábia que arranjava mulheres para Sartre. Coisa de homem, típica, essa mentira, e ainda diziam, tolamente, que ela gozava com isso. Meu Deus do céu, luta ingente das mulheres naquele tempo, sim, não brutal, não violenta, ao contrário, luta pela luz, pela razão, pela justiça, luta que não foi inglória, felizmente para a humanidade trouxe grandes recompensas, produziu a maior revolução dos últimos tempos, de todos os tempos, vitória inequívoca da nossa geração, só quem viveu sabe, você se lembra de cinquenta anos atrás? A mulher costela do homem, a mulher que não gozava no sexo, a mulher que devia ficar em casa para não ver outros homens, ou não ser vista, recatada, não devia trabalhar, nem sequer estudar além do secundário, lembra-se? Lembra do que você mesmo me contou, como exemplo de rigores maiores de tempos anteriores, de um grande nome da sua família, figura respeitadíssima na sociedade, que internou a mulher na Doutor Eiras porque ela discutia muito com ele, tinha opiniões próprias a respeito da vida e da política?

Lembranças, querido. É tão bom lembrar, esta carta eu escrevo só para lembrar, não pense que quero cobrar nada, nem de longe, aliás, você me conhece o bastante para ter esta certeza, hoje só quero dar, aliás, durante o tempo todo, acho que posso dizer sem você protestar que a minha disposição de dar foi sempre muito maior, coisa de mulher, natural, ser dadivosa, sei que é natural, mas mesmo assim conta a meu favor, aliás, não, não quero dizer isto, que tolice, releve por favor, não quero fazer contabilidade nenhuma, pontos a favor e contra, não mesmo, só quero lembrar e fruir, nossa vida, nossa filha tão bem formada, nascida num dia de luz, fruto bendito, uma graça, neste ponto a única sombra, a falta de outros, depois falo, agora só os nossos momentos, os nossos em conjunto, principalmente, mas também em separado, meus momentos particulares, e os seus também, muito maiores com certeza, os seus, como compartilhei deles, fiz que fossem meus também, talvez sem que você percebesse a intensidade deste compartilhar, absorvido que você estava, naturalmente absorvido pelo detalhe das contendas e pelo júbilo das vitórias.

Eu igualmente tive vitórias, Edgard, não sei se foram suas também. Possivelmente. O nascimento de Lena, sim, com certeza, embora você preferisse um menino, dores e contentamentos do parto, você sentiu junto comigo. Eu dizia querer outro, você se lembra, quem sabe viria um menino, era da boca pra fora o que eu dizia, mas você brecou, fez cálculos, postergou e eu gostei, distensionei-me, e tempos depois, dois anos e pouco, veio aquela alegria das entranhas novamente, espontaneamente, vontade própria dos corpos e dos fluidos, entrei em pânico, fingindo contentamento, e entretanto, oh, entretanto, sem mais nem menos, aquela tristeza funda na barriga, o sangue e a perda, a frustração e a depressão e alívio, passou, o rio do tempo correu, mas acho que, no fundo, uma ideia de fracasso se encravou em mim e em você. Eu tinha medo, Edgard, o fracasso foi esse, foi meu, agora posso confessar, eu induzi você a recusar, a fazer cálculos de recusa, com isso com aquilo, mas era eu que não queria. De medo; não do parto mas do acúmulo de tensões na nossa vida, o medo não só de deformar o meu corpo mas de me ocupar demais com filhos e perder minha própria vida, perder até você pelo seu desinteresse físico por uma mulher precocemente envelhecida. Medo, sim, Edgard, um medo complexo, vergonha minha hoje, podíamos ter aí mais uns dois rebentos de continuidade e de unidade da nossa vida. E foi este medo, claro que foi, que provocou o aborto, foi uma rejeição da minha mente, eu ficava torcendo, juro, torcendo para que aquilo não prosperasse. E, claro, não prosperou. Natureza? Sim, natureza minha, medrosa e incompetente, infantil, egoísta.

Bem, e o quê mais? Um certo confrangimento me vem ao peito mas eu o acalmo porque entendo a psicologia do guerreiro, não se trata de um egoísmo masculino mesquinho, eu entendo um pouco mais de psicologia do que você, desculpe os incômodos que isso ainda lhe causa e sei que a civilização não tirou do homem aquela responsabilidade primitiva essencial de ser guerreiro, de liderar e defender o clã, deu-lhe outra feição, aculturada, naturalmente, e agora está metendo a mulher — a mulher que tanto lutou por isso — na mesma ânsia competitiva que está corroendo e corrompendo a humanidade. E o guerreiro só pensa na vitória, na estratégia e nas táticas da vitória, não tem outras disponibilidades, senão em tons menores, alternativas domésticas para dedicar suas atenções e seus sentimentos. Exagero, claro, você não foi só um guerreiro egoísta e até mesmo no momento mais crítico da sua guerra, o seu projeto multidisciplinar na universidade, você viveu também outras dimensões, de amor e de sabedoria em casa, sim, que foram crescendo com o tempo, com a maturidade, mais ainda com a velhice. E aos poucos foi se desocupando da sua própria afirmação e olhando mais para os que gravitavam à sua volta, sua mulher, sua filha. E até um pouco além, você passou a gostar mais de Teresa, de estar com ela, rir com ela, gordona, não só na fazenda, com o cheiro de vaca, tão ao seu gosto, mas até aqui no Rio. Sim, você acabou compartilhando minha vida, minhas cercanias e minhas vitórias, o domínio das minhas angústias, tão tormentosas, e a construção lenta e laboriosa da nossa casa, o cuidado da nossa gente e a iluminação do nosso entendimento, quero dizer, do nosso casamento. Certo. Eu acompanhei bem de perto e bem atenta este trânsito seu para uma órbita muito mais ampla e generosa, comunitária.

Mas só pelo gosto saboroso e eriçante de rememorar, deixo vir a primeira das minhas vitórias particulares, a primeira vez que viajei sozinha, o ciclo de conferências em São Paulo que me chamou a coragem, não fui propriamente sozinha, fui com Violeta, sim, mas fui sem você, deixei você em casa três dias olhando Lena, que alçada aquela que eu dei, meu caro, você não avaliou a altura do salto. Eu começava minha análise, uns três meses havia, e o meu analista era um dos que iam palestrar no ciclo, eu já estava apaixonada por ele, mas não fui com a intenção de trepar na viagem, ainda era demais para mim, e Violeta estava comigo, ficamos no mesmo quarto. Conversamos tempos enormes. Foi uma expansão minha aquela viagem, como respirei largo, como me senti aprumada, crescida na volta.

Minha segunda vitória pessoal, essa maior ainda, desculpe estar falando tanto do meu espaço interno, mas a segunda foi a de ter, eu mesma, proposto a ele, Romero, o analista, dois meses e meio depois da viagem, que fôssemos a um motel, eu mesma propondo, a voz tremendo, com a cara e com a coragem, sei lá que cara e que coragem, estava louca de vontade, decidi, claro que instigada pela análise, pela nova visão do mundo que comecei a adquirir, pela aptidão vital que comecei a ganhar, falei direto e fui, isto é, fomos, naquele tempo era tudo na Barra da Tijuca, era o bairro da sacanagem. Foi importantíssimo, foi decisiva para mim a experiência com ele, decisiva para manter o nosso casamento, Edgard, foram quatro vezes só, uma em cada semana, ele não podia mais, em um mês eu percebi que havia entrado numa furada, não que não tivesse sido bom de prazer, de gozo, foi, eu nunca tive problema de orgasmo, é mesmo, você sabe, para mim, de longe, o sexo foi o maior prazer, o verdadeiro grito da vida, claro, quando a gente tem mocidade, tesão, oh, gozei, sim, mas depois da terceira vez, já saciada, tive chance de pensar e observar, a melhor maneira de se conhecer um homem, seu caráter, é na cama, eu percebi que o cara era um vigarista, mais, era torpe, visguento, e ainda por cima bronco no amor, sem delicadeza nem sutileza nenhuma, coisas tão importantes que você, aliás, tem muito, é bom que eu lhe diga mais uma vez, vi quem era o cara e o larguei, procurei outro analista, óbvio, sem análise é que não ia ficar, e não queria me tratar com a terapeuta da Violeta, éramos muito amigas, muito íntimas, eu tinha certo receio e notava que ela também tinha, embora falasse maravilhas da médica, quase me sugerindo.

Vitórias pessoais, Edgard. Destaques.

Lembro, depois fui tendo várias outras, eu que tomava o controle do nosso dinheiro, você ganhava, é verdade, ganhava bem, o Banco do Brasil é generoso, mas eu é que controlava os gastos, e decidia o investimento das sobras, você sempre ganhou bem e, com a morte do seu pai, nós recebemos uma nota, eu apliquei tudo e muito bem, ganhamos um bom dinheiro na bolsa. Fui eu também que decidi a compra daquela floresta na Serrinha, aquele fim de mundo que nem estrada tinha, aquele encanto, recanto mágico, só nosso, nem o camping havia, não havia luz elétrica, a estrada era uma merda, a bem dizer não existia, mas nós íamos, porque eu puxava, e ia resolvendo tudo, a casinha, o plantio das árvores na área desmatada pelo proprietário anterior, que fazia carvão da Mata Atlântica, que absurdo, foi parado e multado pelo IBDF, e por isso nos vendeu aquela imensidão por um nada, porque, economicamente, não valia nada, nada podia ser mexido ali, era nossa aquela selva a preservar, com os tamanduás, os tucanos, os pássaros, as iralas, os porcos do mato, tudo por vontade e iniciativa minha, parecia o homem da casa. Vitórias, lembranças, Edgard.

Lembranças, sim, mas de coisas que estão tão vivas que eu quero sempre desdobrá-las na minha frente, colocá-las sobre um solo atapetado, eu sentada no chão em posição ioga, e contemplá-las, virá-las uma a uma como se fossem de um livro, afagá-las, como algo quente e vivo, mais do que fotografias. Nunca me esqueci do que uma vez você mesmo me disse sobre um escritor americano importante, você sempre buscou muito os escritores, sempre quis ser você mesmo um escritor, e a universidade, sua vaidade de professor perfeccionista nunca o permitiu, não lhe concedeu o tempo necessário, porque talento você sempre teve, mas lembro-me do que disse aquele escritor sobre o passado, que ele nunca está morto, mas tão vivo dentro de nós que chega a não ser passado. Muito verdadeiro isso, falando obviamente do nosso passado pessoal, do que nós mesmos vivenciamos, a vida é uma coisa só, inteiriça, o passado ainda é, o passado ainda o estamos vivendo dentro de nós.

Primícias, eu gosto tanto de pensar nelas; como chegamos um ao outro, quase meninos, como nasceu o sentimento mais forte que sobrepujou os anteriores que cada um de nós tinha, como nos reconhecemos finalmente enquanto um par de jovens, meninos, dispostos ao entrelaçamento definitivo, querendo, desejando este entrelaçamento, o ser, para sempre uma só carne para gerar outras, mas não só, também uma só vida, um só empenho na construção da vida conjunta. Será que estou exagerando? No que me toca, não, certamente, foi isso mesmo, e sinto que o foi para você também. Aquele reconhecimento recíproco que no nosso caso passou pelo corpo, pelo sentido do tato e pelos arquejos do prazer a dois, meninos sim. Tão necessário, imprescindível, mas naquele tempo normalmente impossível, completamente inusitado. Foi uma diferença importante a nosso favor. Casamo-nos.

Primícias. Que bom.

E depois, os desdobramentos, nossa viagem a Buenos Aires e nossa primeira morada de casal, que era uma pequena casa de funcionário decente, com um jardinzinho na frente, numa cidade que cresceu com a grande usina, orgulho de quase todos que trabalhavam ali, Volta Redonda, Siderúrgica Nacional, Getúlio Vargas, passaram a ser nomes próprios de relevo na História do Brasil, e nós dois lá, aquilo era uma incitação, um acoroçoamento permanente, você trabalhando como economista da equipe do projeto de ampliação da fábrica, e eu tentando costurar um tempo tão vazio que chegava à beira do nada, o próprio nada, o cuidado das flores, conversas com as mulheres dos outros funcionários, engenheiros, médicos, que também enrolavam o nada. Só os fins de semana, quando vínhamos para o Rio. Foi difícil. Isto é, não foi, por causa da juventude, sim, da brasilidade também, um certo orgulho, mas principalmente da natural e gratuita alegria de viver das células do corpo naquela idade. Contudo um pouco menos alegre para mim do que para você, não é encontro de contas não, este vazio momento passado, de mulher que se obriga a seguir o homem, isso também está comigo até hoje, certa carga, mas eu o revivo até com prazer, sim, o prazer das primícias inocentes, e também das cores e perfumes das flores que eu cultivava no meio daquela poeira ferruginosa, horrorosa, que saía do grande forno. E da vista do grande rio, inesquecível, o rio de Ceci e de Peri, eu pensava, só muito depois vim a saber que o do romance não era aquele, era o Paquequer de Teresópolis, o grande rio Paraíba, que se deixava ver o tempo todo da nossa casa.

Primícias, eu choro de emoção boa, Edgard.

Mas não quero rever tudo, tempo a tempo, fazer desta carta um documentário. Quero ir diretamente ao ponto de tempo, já distante daquelas primícias leves, que foi a primeira ruptura, o buraco negro da nossa vida comum, ali quando, num vórtice, eu decidi me acabar. Acabar mesmo, eu, não ser mais, isto é, morrer, palavra difícil de dizer à vera, este ato final que tem de acontecer um dia e que eu realmente quis precipitar naquela altura da nossa trajetória, eu com quarenta e um anos, você quarenta e cinco, nós completamente desencontrados, já no Rio, você num caso descarado com a Heloísa, que morava na mesma rua nossa, só que na parte de baixo, que havia perdido o pai e a mãe num intervalo de dois meses, suscitando seu cuidado, natural, ela trabalhava na secretaria da faculdade e você a via com frequência, quase todo dia, via e a desejava, ela era bonita, jovem, charmosa, delicada, elegante, você se apaixonou. Ela já era descasada. E você ia me largar, eu sei Edgard, as mulheres têm este sentido apurado, você estava me preparando, já decidido, coisa tão comum hoje, e já àquele tempo também, não tanto quanto hoje, mas amores fora do casamento já não eram só com prostitutas como nos velhos anos de toda a nossa história brasileira, cristã-ocidental.

Eu não ia aguentar, Edgard; eu ia desmoronar.

Nosso casamento tinha mal passado dos vinte anos, e por todo aquele tempo eu tinha vivido através de você, sem vida própria, sem luz própria, eu gravitava em torno de você e recebia, a luz e o calor, do meu sol particular. Era assim na maioria dos casamentos? Acho que sim; fazia parte da teoria da costela, a mulher ajudadeira, "atrás de todo grande homem há sempre, na sombra, uma grande mulher", aquela coisa, na sombra, pelo menos na classe média era assim, no povão a mulher talvez já fosse algo mais porque o homem se mandava e ela tinha de carregar tudo nas costas, depois de apanhar muito. Mas era ela, a mulher, tinha de assumir o seu ser. Eu não era eu, era você. E se você se mandava para outra casa, eu simplesmente acabava, consequência natural, não tinha desenvolvido músculos morais para carregar sozinha a nossa casa, lavando roupa pra fora, por exemplo.

Não era uma questão de musculatura, como tinham as do povão. Claro, era simplesmente uma questão de luz e de sopro vital. Que eu não tinha, que vinham de você.

Você era belo, homem bonito como seu pai tinha sido, seu tio, seus irmãos eram, sua linhagem. Você era confiante, eu o via assim, não tinha nenhum medo do confronto da competição, sempre se havia saído muito bem, sempre entre os primeiros, no colégio, no vestibular, nos concursos, primeiro do Banco e depois da Universidade, e ainda no mestrado, brilhante, todos disseram. Eu tinha sido bonita também, garota e moça sempre muito paquerada, mas àquela altura, podia ser, ainda, tinha curvas e carnes femininas, odores, mas, a tal história, a aura juvenil se havia evolado.

Bem, eu teria muito mais a dizer mas já disse tudo, todo mundo está cansado de saber como são essas coisas, essas situações de desespero feminino ante o abandono, o sol se põe num dia e não nasce no dia seguinte. Eu sabia de seus pequeninos casos, uma menina aqui, outra ali, seus sonhos, suas masturbações, tudo me incomodava muito, claro, mas eu conseguia superar. O momento de Heloísa foi muito diferente e eu senti claramente que você ia me largar

Eu nunca li o que disse Camus sobre o suicídio, você é que lia tudo e falava sobre tudo, eu guardava coisas que escutava, como o dito por você que Camus considerava o suicídio o único tema verdadeiramente digno de ser pensado pelos filósofos. Você também sempre quis ser filósofo, lia Platão, Aristóteles, Espinosa, Marx, Sartre, e falava, eu só escutava. Mas, passado aquele ponto negro, visto hoje da distância, indago o que leva a gente a decidir acabar com a vida?

Claro, a perda da razão da vida.

E qual é a razão da vida, o sentido da vida?
Ah.
Hoje, eu também entro nesta discussão. Tenho mais de vinte anos de psicanálise, e uns dez ou quinze de leituras.

E sei que esta é a questão do mundo de hoje, o mundo moderno e científico, o mundo rico e produtivo que perdeu a resposta religiosa e tenta recuperá-la pela ciência. Com exceção dos islâmicos, que ainda sustentam a confiança divina e são, por isto mesmo, um mundo à parte e atrasado. O qual devia ser deixado em paz, pelo amor de Deus.

Mas eu fiz a minha busca, pela psicanálise, na linha da ciência, embora você sempre dissesse que não era ciência. Busquei a minha verdade própria, interior, essencial, a minha natureza, esta foi a revolução do Doutor Freud, a nossa natureza existente, forte, sopitada, tamponada lá no inconsciente, sufocada mesmo, mas não destruída pela civilização. A mesma natureza onde Darwin foi buscar a outra verdade que rebaixou a religião, oh, Deus, nós, macacos melhorados e civilizados. Pois eu, minha natureza, tinha uma enorme vontade de trepar todos os dias. E vivia torturada não só porque você era fraco sexualmente, desculpe, era a sua natureza, sem desdouro nenhum, e não apenas fraco mas atraído por outras mulheres, desprezando a sua, em casa, louca para dar, bonita, quente e gostosa, cada vez mais desprezando a sua para sonhar com outras e cultivar sonhos masturbatórios, esporrando os lençóis nesses devaneios infantis. Que raiva, Edgard, que raiva me explodia na alma quando via aquelas manchas na cama de manhã. Até que aquela noite rebentei de ódio e me mandei para a casa de mamãe, foi o cúmulo dos cúmulos, a humilhação, você se imaginando com outra e eu ali do seu lado, inteirinha, verdadeira, em carne e osso, bonita, eu era uma mulher bonita, eu sei, ali ao seu lado na cama, louca de vontade e você impotente comigo, se esporrando pensando em outra, ah, foi demais, não dava mais. Mas deu, uma semana depois eu voltei, compreendi, e até desculpei, constatei que não podia viver sem você, que era o meu sol. Fui fazendo a minha vida, aceitando a coisa como era. Sempre com uma vontade enorme de trepar com homens que me desejavam com olhos viris! Imagine.

Bem, a psicanálise serve muito bem para explicitar e ajudar a enfrentar essas situações. Fui levando a vida de mulher honesta e humilhada até cair no buraco que era o próprio fim da vida, quando senti que você me preparava para me deixar e ir viver com Heloísa. Aí, então, era de não aguentar mais: eu teria deixado tudo, você, Lena e o mundo, a própria vida, já sem nenhum sentido. E foi, sim, Edgard, foi a psicanálise que me salvou do suicídio, não exagero. Eu dei logo para o primeiro analista, Romero, que viu tudo rapidamente e logo quis se aproveitar e me comer. Mas claro, óbvio, evidente, que não foi o fato de trepar com outro que me salvou! Foi a libertação aberta pela análise, Edgard, a emancipação, o processo de assunção por mim mesma do meu próprio eu, essa metamorfose essencial da alma, o ser eu mesma, fui eu mesma que me adiantei e propus ao Romero nosso encontro, já disse, foi isso o mais importante. Foi bom porque vi que era um vigarista, e vi depois que a angústia não se resolvia trepando com um e com outro. Depois dele teve o Francis, oh, que história. Desculpe.

As manifestações do sexo, a nossa atividade sexual é o que há de mais íntimo em cada um de nós. De mais íntimo e de mais prazeroso também. Mas escondido. Prazeroso, vital, essencial, e escondido lá no mais íntimo. Porque a civilização forjou assim essa parte tão vital do nosso ser, tão importante para o nosso bem-estar, para o nosso equilíbrio. E deformou essa parte vital, torceu-a de tal forma que ela ficou sendo feia, quando não é, ela é tão bonita quanto o próprio ser do homem e da mulher. Eu aprendi isso na psicanálise, Edgard, aprendi essa verdade fundamental. Mas aprendi também à custa de escorregões como aquele com Romero, vigarista. E depois com o Francis, aí muito mais fundo, verdadeiro, belo, que história essa minha.

Numa das casas da vizinhança havia um casal de cães dobermans; duas feras, o muro não era muito alto e frequentemente o macho conseguia pular quando estava muito excitado e fazia estragos enormes. Um dia pulou e mordeu Lena, feio, você se lembra, ficou indignado, mas não fez nada, desculpe. Outro dia a mesma fera estraçalhou o cachorrinho de uma outra vizinha, minha amiga. Ela me propôs e fomos ambas à delegacia dar queixa, aquilo não podia continuar. O dono dos dobermans era da polícia, nós não sabíamos, só soubemos depois, e conseguiu que o caso fosse tratado por um amigo dele que no momento estava lotado naquela delegacia de bairro, provavelmente meio que escanteado, boa coisa não devia ter feito. Nós não sabíamos de nada, mas o tal detetive especial era um dos famosos da polícia, um dos que os jornais chamavam de os "homens de ouro", porque tinha prendido e matado alguns dos bandidos mais temidos da cidade. Pois ele conosco foi muito educado, até gentil, apresentou um documento firmado pelo dono dos dobermans, assumindo o compromisso de elevar o muro da casa e comprar um novo cachorrinho para a minha amiga. Ele propunha que encerrássemos o caso ali na hora, mesmo sem a presença do responsável, no caso, o dono das feras, que não compareceu. Bem, olhamo-nos, eu e minha amiga, compreendemos que aquilo já estava previamente combinado, intuímos que devia haver ali uma trama para não deixar que a coisa fosse adiante, o levar adiante provavelmente ia envolver advogado, processo, gastos, complicações, havia uma proposta que não deixava de ser razoável, olhamo-nos e decidimos aceitar. E tudo terminou ali, assinamos um termo.

Ao contrário, tudo começou ali. Prodígio acontece de repente na vida da gente.

O detetive, o tal famoso, se chamava Francis, era um homem de olhar firme e quente, tinha o rosto duro e anguloso, com marcas de espinhas e maus-tratos na adolescência, uma cicatriz na testa, feio de traços, dir-se-ia, talvez, ou não, mas o fato é que era atraente como homem, e extremamente, alto tanto como você, Edgard, e mais magro, claramente longilíneo, de carnes rijas, perceptivelmente, através do pano do terno se percebia, cabelos pretos ondulados e barba cerrada, ficava a face azulada. Falou para nós duas, amável, mas não tirou os olhos de mim, claro que meu peito arfava, meu olhar se perturbou, evidentemente, e toda a minha preocupação voltou-se para que a minha amiga não percebesse. Percebeu o olhar dele, o interesse dele, era demais, e comentou na volta para casa, mas se notou meu alvoroço fingiu que não, e entre nós morreu o assunto ali, nossa amizade era mais de vizinhança, não de afinidade, muito menos de intimidade.

Claro que o assunto não tinha morrido ali. Eu sabia. Convulsionada, eu esperava, entrei em casa esperando. E mal cheguei, ele me telefonava, o detetive Francis. Na queixa, eu tinha deixado na delegacia o endereço e o telefone, ele foi direto, disse que havia ficado impressionado comigo, uma mulher tão bonita cuja imagem não o deixaria nunca mais em paz. Pediu um encontro para o dia seguinte.

Não preciso relatar mais, até porque eu não sei dizer essas coisas, a descrição do meu alvoroço completo, e eu sei que você é maduro o bastante, sábio o bastante para compreender a minha vontade implacável de ir àquela rendição. Sei que não preciso me desculpar; tinha acabado o caso com o Romero, e me deu aquele querer irresistível de experimentar o sexo com aquele outro, que tinha tudo de um homem extremamente másculo, decidido e objetivo, e delicado também, de certa forma, quando queria, com as mulheres, sua voz, seu jeito, e cheio de tesão por mim, oh, com certeza! Sei que você já viveu momentos parecidos, de vertigem de desejo, sei que você conhece, eu quase desmaiei ao telefone, cheguei a ficar tonta, molhei minha calcinha toda só de ouvir a voz grave dele me chamando. Eu tinha que ir, era um chamado mais forte do que todas as resistências de caráter que eu pudesse juntar ali. E mais, daquela vez não era minha a iniciativa, o atrevimento era dele, naquele caso eu era a mulher, desejada, chamada por amor de corpo, por tesão de homem, eu era feminina e passiva, como isso tem a ver. Fui o tempo todo, com ele. Fui lasciva, sim, o quanto pude, mas sempre feminina e passiva, sempre deixando, sempre dando tudo o que ele pedia, ele sempre pedindo daquela forma que não era bruta mas era uma ordem, como um homem.

Impossível dizer o quanto foi bom, Edgard. Para você eu digo porque sei que você me ama o bastante para não apenas permitir como até o propiciar, e até regozijar-se, sentir-se feliz com o meu prazer, com o prazer que eu tive com o Francis. Nunca menos de dois orgasmos plenos em cada vez que estive com ele. Muitas vezes. Não todos os dias como eu queria mas pelo menos uma vez por semana, duas por semana na maioria, nos outros dias pensava no próximo encontro. Por isso não pude acompanhar como devia a sua luta pelo seu projeto na universidade, não pude dar a atenção que você certamente esperava e merecia, já que era o projeto da sua vida profissional, o maior deles, eu sei, só depois compreendi, peço desculpas pelo meu descaso, mas realmente eu estava ocupada, Edgard, completamente ocupada pela fruição mais profunda que tive dos prazeres físicos da vida. Conto isso, nesse detalhe, porque sei que você fica feliz, você, que sabe o quanto eu gozo em cada entrega. Quem nunca teve não faz a menor ideia do que seja. Uma das coisas que mais me revoltam hoje é pensar que durante tanto tempo, séculos, sei lá, a nossa educação subtraiu esse prazer essencial das mulheres, incutindo nas meninas, nas mocinhas, que sexo era coisa feia e suja, imoral, e a mulher honesta não devia gozar, dar apenas o que o homem pedia mas sem participar do gozo dele. Oh, que raiva que isso me dá! Os últimos anos da minha análise, você sabe, depois que a Doutora Zélia morreu, foi feita em grupo, no qual quatro eram mulheres, eu e mais três. Pois das quatro, só eu tinha orgasmo! As outras três, no fundo, no fundo, estavam ali naquele grupo para ver se conseguiam ter!

Claro que, por mim, eu ficaria me encontrando com o Francis até hoje, não tinha a menor preocupação com a possibilidade de você descobrir aquela ligação, não era do seu feitio a espreita da minha vida e, mesmo que desconfiasse, jamais você sentiria necessidade de qualquer busca, sua dimensão era outra, bem maior, eu sabia, engraçado, minha única preocupação neste particular era em relação a Alberto, que ele pudesse vir a saber, sei lá por que caminho, descobrir minha ligação com Francis, aí, sim, um grande drama poderia se ter desencadeado, irracional, brutal, às vezes eu à noite pensava nisso, sozinha, com medo, dando asas à imaginação nesse desdobramento até macabro, sei lá, sim, mas esse medo jamais me teria inibido, eu estaria até hoje me entregando a Francis, com muito amor, até com desvelo nesse amor. Ele que cortou, um dia foi frio e objetivo, como era, sem ser bruto, ele não era bruto, pelo menos comigo nunca foi, mas tinha um jeito de falar imperativo, educado, delicado mesmo mas imperativo, como homem, disse naquele dia que a mulher dele estava muito desconfiada e ele não queria se separar, tinha muita preocupação com ela, ela era doente, ele gostava dela, e precisava encerrar aquele caso comigo. Definitivo. Mentira. Ele mentiu descaradamente desde o início, ele não tinha mulher, ela tinha morrido, sei lá, ou estava numa cidade muito afastada, ele não a via, o fato é que, se tinha, não dava a mínima para a mulher, com certeza ele já estava mas era interessado em outra, tinha perdido o tesão por mim. Uma vez ele pediu e eu deixei ele me penetrar pelo ânus, sei que os homens adoram isso e eu não negava nada a ele, gostava do jeito terminante com que pedia, eu dava tudo. E até por curiosidade, uma certa cupidez de experimentar a sensação. A pessoa aplicada no sexo vai desenvolvendo uma insaciabilidade, vai sempre desejando novas formas e meios de prazer. Mas doeu muito, oh, foi um horror, mesmo com o gel que ele arranjou, e ele naquela hora foi bruto, a única vez, eu gritei de dor e aquilo parece que o excitou mais, ele me agarrou firme, bruto, e continuou até gozar, não parou, foi até o fim. Foi bruto, sim, daquela vez, a respiração dele até se alterou muito, como se estivesse lutando comigo e me dominando na luta, me submetendo e me infligindo dor, e estava mesmo, como se gozasse mais por isso, e gozou mesmo, aquele dia ele gozou muito mais intensamente, eu senti, depois ficou todo carinhoso enquanto eu chorava de correr lágrima. Não sei como outras mulheres aguentam isso, o pênis dele era muito grande mas não deve ter sido essa a razão de ter doído tanto, talvez o mau jeito, não sei. Ficou doendo uma semana, e eu não deixei mais, de modo nenhum, recusei e acho que ele ficou chateado. Mas não foi isso que o fez perder o interesse por mim, tenho certeza, eu fazia tudo o mais que ele pedia, e fazia com gosto, como eu gostava, não é questão de tamanho de pênis, nada disso, na relação de sexo o que importa é a corrente magnética, é o tesão de um pelo outro que corre pela pele, é a firmeza do homem, o domínio, é o frêmito da mulher, o abandono completo aos movimentos dele, é uma coisa indizível, e ele rompeu o elo dele na corrente, estava mesmo era interessado em outra, isso é que foi a verdade. Eu acabei aprendendo que tesão de homem é assim, passa depressa, muda com o vento, não a mulher como diz a área do Rigoletto, mas o homem, o tesão do homem, com certeza, aprendi isso, aliás já sabia, mas mesmo assim foi um choque, sim, eu queria continuar, foi deprimente, muito, foi revoltante, mas de fato eu nunca amei o Francis, pensando bem, vista de hoje, é a verdade, eu adorava ele, muito mesmo, mas só na cama, não cheguei a ter qualquer outro sentimento mais profundo, como sempre tive em relação a você, Edgard, de verdade, eu não abandonaria você para me casar com ele, para conviver com ele sob o mesmo teto, todo dia, nunca Edgard, com o Francis era sexo puro, embora sexo divino, isso existe com mulher também, não exatamente como o homem que procura uma prostituta para "trocar o óleo", mas mulher também precisa disso de vez em quando, de subir as paredes até o céu, perder o fôlego, desmanchar-se de gozo, acho até que precisa mais que o homem, que vive gastando esse prazer todo dia com qualquer uma, ou senão se masturbando.

Foi realmente ótimo, o ótimo, isto é, o ponto mais alto da minha vida natural de mulher, eu suspiro ao dizer isso, Edgard, e sei que você entende. Você acabou se enrolando todo aquele ano lá na faculdade, não deu certo o seu projeto, teve seus problemas graves, foi para a Bélgica e quis me levar, mas eu não podia ir, meu amor, você sabe o quanto eu adoraria ir para a Bélgica mas, naquele momento, naquele, vivendo o clímax daquela volúpia, única na vida, era a minha vida, eu não podia, Edgard. Você ficou espantado, não entendeu, deve ter desconfiado e, sabiamente, preferiu ignorar, sabiamente, você sempre foi sábio, aquilo me fez muito bem, meu amor, e depois, dois meses depois, quando Francis me largou, foi a minha vez de entrar na fossa e corri para Louvain atrás de você.

Mas passou. Não foi nada fácil mas passou. Realmente tudo passa, ou quase tudo, nunca se deve afirmar o absoluto, eu sei, aprendi com você, tudo o que tenho de sabedoria, eu aprendi com você, meu amor. Passou, a depressão daquela rejeição foi funda, fiquei um tempo inconformada, quase um mês paralisada, sem ação, revoltada, mas Louvain me fez um bem enorme, e, depois, eu já tinha alguns anos de análise, já tinha as minhas defesas, e àquela altura já estava com a Doutora Zélia, a sábia e carinhosa Doutora Zélia, e ela me mostrou o que era tão claro e eu não enxergava: Louvain me chamava, era a solução, me fez um bem enorme.

Depois do sacana do Romero eu tive um outro analista raivoso, trombudo, que só me acusava, duramente, em sessões penosíssimas, você se lembra, eu me queixava, chorava, e não aguentei, deixei-o em coisa de três meses. Se ainda estivesse com ele quando o Francis me largou, não sei como teria saído. Mas a análise ajuda, Edgard, ajuda muito mesmo, e a Doutora Zélia era uma fada, ela me restituía a vida sempre que eu afundava num buraco, afundei outras vezes depois do Francis, teve a morte de mamãe depois que nós voltamos, eu fui culpada, fui sofrendo aqui, sofrendo ali, teve a briga com meus irmãos, mais funda com Teresa do que com Alberto, teve o caso idiota com o Paulão, com o idiota do Paulão, não sei por que fui me meter com ele, bem, eu caía mas me levantava, fui me reequilibrando, desvendando coisas, até, finalmente, como se tivesse recebido um cristalino novo das mãos da fada, até eu ser capaz de enxergar tudo com clareza, perceber as muitas nuanças do mundo e das pessoas, o mundo são as pessoas, seus jeitos de ser, jeitos humanos de ser, sempre frágeis, mesmo quando soberbos, a gente vai aprendendo a enxergar as transparências de alma das pessoas. Assim, eu consegui me colocar no sol ao lado delas, as almas que são iluminadas. Só o que lamento é que me custou vinte anos descobrir a psicanálise, só fui com mais de quarenta anos, quando estava no desespero total, pronta para tomar um vidro inteiro de Dormonal. A análise me salvou, Edgard, verdade, sem exagero nenhum, mesmo tendo errado na escolha dos terapeutas, duas vezes, até resolver me entregar a ela, a Fada Zélia!

E a humanidade viveu a quase totalidade da sua existência sem conhecer essa ciência, ou essa técnica como diz você, quantos milhões de seres humanos, acho que mulheres na maioria, quantos milhões não morreram se matando na fossa por falta dessa ciência, fico pensando e cada vez admiro mais e dou vivas a esse gênio dos gênios que foi Freud, oh Edgard, o escritório dele, nós vimos em Viena, o sofá onde ele atendia os clientes, a escrevaninha dele, onde escreveu sua obra, os objetos dele, que coisa importante para mim, Edgard.

Bem, hoje, tudo bem, custou mas eu saí do buraco definitivamente, e aprendi a transacionar com a vida. Quando falo da vida, falo das pessoas, claro, a vida da gente são principalmente as outras pessoas. Foi bom, superei completamente, Edgard, hoje parece um milagre para mim, mas superei, junto com você. Sim, junto com você, não sei se teria conseguido sozinha, mesmo com a ajuda da Fada.

Mas o sentido da vida? Ah, não sei.

Não sei mas também ninguém sabe; as pessoas vão vivendo e gostando, porque viver é bom, é a melhor coisa que existe, sem saber de sentido nenhum, e, na verdade, sem nem querer saber, pra quê? Antigamente, sim, todo mundo acreditava que a vida mundana era uma simples passagem, peregrinação, que a vida definitiva era depois, no céu ou no inferno. Mas apesar de acreditarem nisso — por mais absurdo que fosse esse suplício da queima no inferno as pessoas acreditavam nele, mas apesar disso continuavam a pecar pela vida afora, pecar muito, pecado mortal mesmo, pra valer, porque ninguém é de ferro, é assim a realidade humana, só não precisa matar, torturar, essas coisas muito demoníacas, o resto todo mundo faz, sempre fez, mesmo acreditando em inferno. Agora, parando para pensar um pouco, como é que tanta gente inteligente podia acreditar nisso, nesse tal de inferno, suplício terrível e eterno, pra sempre, eterno(!), castigo imposto por um Deus que se dizia muito bom e misericordioso, nada vingativo, veja bem, nada vingativo, só que quem não O obedecesse e não O adorasse ia pro fogo eterno, puta que pariu, eterno! Desculpe a expressão grosseira, uma mulher educada nunca deve dizer essas palavras, nunca mesmo, nem em pensamento, e eu não digo, você sabe, sou educada e não digo, foi um desabafo que saiu sem querer. Então as pessoas acreditavam que a verdadeira e definitiva vida era depois, no céu, após uma certa passagem pelo purgatório para acertar as contas. Todo mundo acreditava mas não ficava se lembrando desta crença no dia a dia, na prática fazia como se não acreditasse, porque a verdade é que ninguém queria morrer, mesmo certo de ir para o céu, a coisa pior que podia acontecer a uma pessoa era morrer, por isso havia pena de morte, para assustar os criminosos com o pior castigo, não bastava o fogo eterno que ia consumi-lo no inferno, era preciso dar-lhe o maior castigo aqui na terra, enforcá-lo. Ele podia muito bem achar que aquilo era até melhor para ele, era lógico, ele se arrependia do crime, pedia perdão a Deus ali na hora, morria enforcado, passava pelo purgatório mas acabava no céu, muito melhor do que aqui na terra, onde provavelmente era um miserável ou podia apodrecer na cadeia. Mas essa lógica, tão lógica, decorrente da crença que todos tinham, não funcionava, a vida não é lógica e as pessoas tinham, como têm hoje, um enorme e terrível medo de morrer, morrer era o pior de tudo. Como ainda é. E a gente acaba vivendo por viver, sem precisar de sentido nenhum, viver simplesmente para não morrer. Mas viver também para ser feliz. Levar uma vida boa. Isso com certeza já era assim, as pessoas podiam acreditar no que dizia a religião mas no fundo todo mundo queria mesmo era viver e ser feliz aqui na terra. Como hoje, exatamente como hoje, quando ninguém acredita mais na tal da outra vida. Viver aqui. Mas pra quê? Finalidade, sentido, pra quê? Mas por que tem de ter um pra quê?

Estou falando sobre essas coisas, colocando-as aqui na carta, porque pensei muito sobre elas, dias e dias, meses, a psicanálise, acredite você, você que nunca fez, você que se faria um grande bem a si próprio se fizesse, acredite que a psicanálise tira de dentro da gente uma porção de verdades que estão lá escamoteadas pelas espessas tinturas da civilização, a começar por esta fundamental, o ser humano, como todo ser vivo, quer viver e viver de bem com a natureza, isto é, comer bem, dormir bem, trepar bem, beber água da fonte, descansar quando está cansado, refrescar-se quando sente calor, proteger os filhos, vê-los crescer, essas coisas, isso todo mundo quer, depois disso é que vêm as complicações, as coisas da vaidade, do orgulho, do ciúme, do medo, da culpa, do poder, da humilhação, da competição, uma extensa lista de calamidades, e aí é que aparecem as neuroses, os sofrimentos e as ofensas que às vezes são tão grandes que levam à loucura, ao assassinato ou ao suicídio.

Eu fui uma suicida, no limiar. Isso é uma verdadeira experiência. Só quem foi, sabe.

Paro para pensar cada vez que me lembro disso. Paro e penso, repenso.

Sim, tive tudo na mão e a decisão tomada, praticamente tomada. Um anjo, certamente, me imobilizou a mão e me fez esperar, e nessa espera que foi esticando eu comecei a ler, eu que não lia nada, nem jornal, comecei a ler e a pensar, Violeta, minha amiga querida até hoje, de quem se pode dizer isso com tanta confiança — minha amiga? Violeta, que falava de análise, que conversava e dizia coisas positivas, até convincentes, me emprestou um livro de Eric Fromm, *Análise do Homem*, como vou esquecer? Devorei e li outro, acho que *Psicanálise da sociedade contemporânea*, depois li vários de Karen Horney, sempre a amiga Violeta, analisada, fluente no dizer da importância daquelas descobertas, bem, uns três meses depois da decisão mais trágica que o anjo da guarda conseguiu postergar, eu resolvi também me analisar, e então tivemos muitos embates, eu e você, mas então eu já queria viver. Mas nessa do anjo você também entrou, quero dizer com muita convicção, com gáudio e com orgulho por nós dois, houve um gesto, no momento mais agudo da minha desorientação, claro que você deve ter percebido o meu afundamento, a fundura do abismo, e fez um gesto de amor, um toque seu decisivo, não um beijo, nenhuma carícia libidinosa de que eu sempre gostei tanto, não, foi um toque carinhoso de rosto no rosto, com uma certa pressão de sua mão direita sobre as minhas costas, seu rosto áspero de fim de tarde, chegando do trabalho, e uma palavra doce no meu ouvido, "como é bom encontrar você", com que nitidez eu me recordo. Acho até que foi naquele momento que você decidiu cortar o namoro com Heloísa. Eu devo ter sentido, intuído isso, talvez o tal anjo me tenha soprado, e como me valeu.

Aprendi, sim, com um esforço de que não me acreditava capaz. Busquei muito dentro de mim e acabei achando a minha própria luz que estava velada. E no foco desta luz aprendi a perceber e a saltar fora das artimanhas do demônio que está sempre nos espreitando, a nós, mortais sujeitos à desorientação que ele sabe provocar. Há pessoas imunes, naturalmente imunes às tramas e investidas do demônio, pessoas agraciadas, abençoadas, sei lá, às vezes acho que você é uma delas, mas quem sou eu? Oh, até hoje guardo uma certa confusão e não ouso tentar aprofundamento nessas questões que são de teologia. Fico só nos dados terrenos, o que já é demais, sei que há loucura, desespero, verdadeiros furacões da alma, vontade de acabar com a vida, a própria e a de outrem, e algumas descobertas que valem muito, mas muito mesmo, para enfrentar essas situações.

É tudo o que eu sei sobre isso, Edgard. E muita coisa do que sei eu sofri, é ciência do sofrimento, um dos principais recheios da vida. Mas não é cobrança nem nenhum ressentimento, acredite; olhar para trás no tempo me dá a sensação boa da coisa feita, bem-feita, feita com amor, com amor e com você, Edgard. Realmente, eu o amei e você me amou, e, o que é melhor, ainda nos amamos, talvez mais agora do que antes, com certeza.

Então, para quê esta carta?

Para dizer isto.

Sinto que é importante dizer isto e dizer com carinho, com afago nas palavras, como se fosse sobre a pele do corpo, nesta altura magnífica da nossa vida, antes de cairmos na decrepitude que já vem vindo ali, você, principalmente, com esse fígado estragado. Tivemos doenças, nós dois, até graves, um cuidou do outro, sempre, eu tive uma infecção perigosíssima, de quase morrer, por uma besteira, lembra (?), uma maionese num sanduíche de rua, de noite, mas fiquei boa, completamente, você ficou com o problema do fígado, vai levando, difícil mas vai, porém a decrepitude, à vera, é que está começando agora, sinto uma crispação, vamos juntos obrigatoriamente descer essa ladeira, vamos de braços dados, até com um sorriso nos lábios, numa boa, por isso o impulso desta carta.

Vamos, querido.

Eu me chamo Edgard, e esta carta não acabou. Até aqui foi a primeira parte, a parte dela que eu escrevi, sou eu na verdade que a estou escrevendo, criando as palavras e dizendo vamos, falando em nome de Cristina, minha mulher, eu posso falar por ela, sei o que ela quer dizer, tudo, conheço o que ela sente, eu posso até sentir igual, nós fomos nos igualando em alma ao longo do tempo e hoje somos quase iguais, diversidades só nas franjas, eu posso escrever e dizer por ela e ela por mim, só pelo modo de dizer, ou talvez nem pelo modo se poderá saber qual dos dois está falando. O que tenho a mais é que eu escrevo, tenho o gosto.

Há estrelas que aparecem no céu como um só astro luminoso mas que na verdade, vistas ao telescópio, são duplas, são duas estrelas girando uma em volta da outra para sempre, como, por exemplo, a Alfa do Centauro que é dupla, eu já vi. Assim vivemos nós, eu e Cristina, um girando em volta do outro, desempenhando um só ser no mundo, muito próximos nos primeiros anos, fortemente atraídos pela gravidade do encanto mútuo; mais afastados nos tempos seguintes, progressivamente, submetidos às forças centrífugas da lide pessoal de cada um, interesses e outros magnetismos, anseios de liberdade, girando em órbitas cada vez mais largas, mas girando ainda um sobre o outro, sempre, sentindo a gravitação do parceiro; até a terceira etapa, de aproximação definitiva, dependência intrínseca um do outro, a de hoje, de uma atração que tem leveza e firmeza ao mesmo tempo, fácil de orbitar. E assim vamos, sim, nesse tempo final, vamos juntos como estrelas gêmeas, sim, descer a rampa escorregadia do fim. E vamos numa boa, lidando com o meu fígado arruinado mas assim mesmo numa boa, Cristina tem razão.

Só que não podemos prever os tombos e as mágoas que ainda nos esperam na descida, o meu fígado já é um pedaço quebrado do corpo, afora contingências outras, uma costela partida, eventualmente, um tendão rompido, Epicuro, ironia, tinha pedras nos rins e dores lancinantes, fomos felizes até aqui, sim, com certeza, temos sido venturosos mesmo com duras refregas, e numa boa podemos até decidir num momento não tisnar essa felicidade e mergulhar logo de uma vez num fim suave e soporoso. O que é isto? Que momento? Deixemos isso em aberto, é preciso ter portas descerradas às vicissitudes.

Bem, sinceramente, não sei, nem ela, mas se tudo de repente perder todo o sentido, por que insistir nos movimentos endurecidos de dois corpos que só vão ficando mais e mais doloridos?

De minha parte, não tenho mais aquela angústia, tão minha, de acordar no meio da noite asfixiado, aquele terror insuspeitado, indecifrável e insuportável, aquela voz de dentro afirmando a morte, inelutável, certa, fim absoluto, o nada que será com certeza, o fim de mim, oh, como me lembro e recordo a agonia do medo enorme indescritível. Não tenho mais. Então posso, e se o sentido for esse, caminharemos para lá.

Gosto de caminhar, é meu prazer essencial nesses dias repassados, faço-o ultimamente com muita moderação, em passos lentos, e talvez até não o devesse, porque o fígado protesta e produz alguma essência que me cansa, me deixa lasso, mas assim mesmo caminho, o prazer é maior do que o cansaço, o prazer que sinto há anos, especialmente nos dias de tempo neutro, sem sol nem radiações intensas, tempo de cores esmaecidas, próprias dos sentidos fatigados da idade, até mesmo aquele tempo parado, de sertão, me é agradável, quando caminho em Guarará, na fazenda de Teresa, a irmã dela. Os passos têm ritmo, lento, como disse, indagam sempre, para onde, para onde, para onde vamos? Faço exercício de equilíbrio, muito importante na velhice, caminho de olhos fechados, dez, vinte passos num trecho reto e plano. Haja filosofia, o que é isso, a vida? Antigamente se sabia, antes da ciência se sabia que era mera peregrinação para a eternidade, não se tinha que perguntar nem pelo sentido nem pela felicidade, a felicidade estava depois da morte, já disse isso, falando por Cristina. Hoje, não mais, haja filosofia, e falta tanto a filosofia, e falta principalmente o tempo essencial de filosofar, o tempo também de fitar as árvores e o ar, o céu e o mar, o silêncio, e desligar o pensamento. Falta: a vida de hoje e o ritmo dela não permitem, a televisão mormente não permite, o trabalho, a competição, é preciso todo mundo ser competitivo. Então, Sebastião, retorna a questão.

Retorna com força a questão do sentido da vida, que eu já tinha levantado falando por ela e voltei a perscrutar agora por mim mesmo, por compulsão.

Certo. Só que na verdade não retorna, o dito assim é impróprio, esta questão está sempre, esta questão é, junto com o ser da gente. É como a questão da morte, que aliás é a mesma. Eu procuro sempre achar um tempo para passear com a morte de manhã; não dançar com ela, como Mahler, nem jogar xadrez, como Bergman, mas passear com ela devagar, conscientemente, sem angústia mais nenhuma, nesse meu passo lento, às vezes de mãos dadas, como todos fazem costumeiramente com seres queridos, durante toda a vida, desde a infância, só que sem consciência desse tempo que vai sendo, é o vai levando sem a consciência de que é só um tempo, pequeníssimo subconjunto da finitude humana, a morte é o todo para sempre, é o tempo total.

Pois eu busquei e achei uma resposta para o sentido da vida-morte. Discuti com Cristina e ela aceitou, acrescentou pontos, pensamos como um só. Ou foi ela quem descobriu e eu aceitei e acrescentei, como disse, fica difícil destrinchar nossos copensamentos, hoje tanto nos confundimos.

É a seguinte: passa por Deus, mas não como antigamente, de jeito nenhum aquele Deus terrífico, que tinha um coração pequeno e duro como o dos homens toscos que O inventaram; aquele que queria ser adorado e glorificado, e escolheu um pequeno povo para fazê-lo obsessivamente, e ficava irado e castigava com crueza os pobres relapsos que não O amavam do jeito que Ele queria. Um horror, como Cristina sempre disse: aquele Deus que exigiu, como prova de amor, que Abraão matasse seu próprio filhinho tenro, e só quando viu que o idiota, o desmiolado ia baixar o cutelo sobre o menininho inocente e transido, só então mandou que parasse. Oh. Não. Deus me livre. A nossa resposta passa por outro Deus infinitamente maior e melhor, de dimensão cósmica, forma indefinível e tempo incomputável, de uma inteligência absolutamente inatingível e indizível para nós, e de um amor tão puro e presente pela sua Criação, e tão cuidadoso e inabalável, que nunca se encoleriza com o comportamento dos pequenos bípedes implumes que perfazem uma parte infinitesimal dessa Criação. Um Deus que vem tecendo fiapos de energia por bilênios, desde nanos, procariontes e antes, moléculas de vida, por bilênios, pacientemente, persistentemente, sobretudo amorosamente, para formar a vida, autorreprodutível, o milagre, sempre seguindo a Sua Lei, bela e perficiente, inapelável, infalível, seguindo por seus desígnios nas trilhas desta Lei, a vida crescendo e se multiplicando, e se complexificando, se espiralando, filogênese a filogênese, perdendo-se aqui, achando-se acolá, retomando sempre a diretriz, desde as primeiras amebas com a sua inteligência, as primícias, passo a passo, plantas, peixes, répteis, aves, se espiritualizando, até os mamíferos tão bonitos e enamorados. E até o homo, o homo até agora.

Houve um judeu luso-holandês, primo dos competentes negociantes que fundaram no Recife a primeira sinagoga das Américas e depois, expulsos, foram fundar Nova Amsterdam na ilha de Manhattan; houve este judeu, grande pensador do século XVII, por nome Espinosa, que definiu muito bem este Deus natural, grandioso e perfeito, e foi excomungado por judeus e por cristãos por causa disso, mas disse tão bem as coisas que sua obra sobreviveu através dos séculos, inspirando verdadeiras populações filosóficas. Eu me sinto um desses inspirados e todo dia penso neste Deus de Espinosa que me dá paz.

Deus, sim: eu me encontro com ele duas vezes toda manhã, quando respiro, comungo e rezo, bem cedo na varanda diante do arvoredo largo e, pouco depois, quando mergulho no mar acolhedor. O mar tem todos os sais vitais que o corpo necessita e foi no mar que a vida se criou. E o amanhecer é a hora de Deus, é a hora do povo de Deus, as coisas todas iluminadas com as cores frescas, tão belas, o ar fino que penetra os poros com facilidade, a gente sente a energia e a bênção da Criação. Falo no Rio. Do Rio.

Mas, retomando a trilha bilenar, ela deve seguir além do homo de agora, a Lei ainda vige, continua, por que vai parar aqui? Darwin foi o primeiro a chamar a atenção sobre isso, o próprio Darwin, interessante, ninguém se ligou muito nisso, ficaram discutindo a evolução até agora, se vínhamos ou não do macaco, mas se esqueceram de que ela deve continuar, a evolução, segundo os desígnios de Deus, bem traçados, definitivamente, Darwin acreditava, interessantíssimo, só bem mais tarde Teilhard de Chardin retomou o fio para levá-lo ao distante ponto ômega.

O século XX produziu a grande experiência socialista, oh, eu gosto de falar sobre política, Lenin foi um fascínio para mim, o intelecto associado à coragem, à ousadia, como Marx também, só que Lenin fez, conseguiu, marcou a história com a grande experiência iniciada com a revolução que ele liderou e que prometia uma nova humanidade, aqui é que está a ligação com o que eu vinha falando, da evolução divina da vida. A revolução foi um farol iluminador de muitos projetos generosos pelo mundo inteiro. E entretanto derrocou fragorosamente na entrada da última década dos mil-e-novecentos, sem ter forjado o novo homo, nem sequer ter produzido a mais mínima transformação espiritual dos povos que a vivenciaram. Para não falar das monstruosidades que gerou. Uma história depressiva para toda a minha geração. A China chegou a radicalizar essa tentativa reformadora com uma revolução dentro da revolução, a tal Revolução Cultural, para constituir, desde o fundo da alma, o *homo socialista*. Fracasso rotundo, deu em maluquice. E entretanto essa filogênese há de estar se fazendo, e produzindo seu novo fruto ao curso de dezenas ou centenas de milênios, sem que nenhum de nós possa perceber, na continuidade da Lei Divina, sim, mas nunca segundo um projeto político megalômano e grotesco. Esta a crença fundamental, que pode ser trabalhada e edificada, muito humildemente, muito humilissimamente, pode dar aquele tal sentido para a vida, a continuidade do aperfeiçoamento do ser, da evolução da vida, do homo atual para o novo homo e para a frente, sempre.

Então é isso, há continuidade, achamos nós dois, Cristina e eu, muito conversamos, com Espinosa, com Darwin, com Chardin, com outros que pensaram, até com Hegel, esse enigmático, dificílimo, do Espírito Absoluto, pernóstico profundíssimo. O sentido então é procriar e aperfeiçoar este ser, cumprir a Lei Divina, seguir com alegre devoção, humildemente, mas responsavelmente, vivendo na Lei, vivendo a Lei, e não apenas vivendo sob a Lei, coagido, escravo dela, para evitar o inferno.

Seguir, então, é a Lei. Somos geneticamente programados para seguir, ir à frente na vida, no trabalho, no pensamento e na lida da vida, e nesse seguir transformar nanometricamente nosso ser na sequência evolutiva, como uma obrigação ontológica, divina.

Bem, este é um discurso infinito e pode acabar ficando chato. Mas na verdade não é mesmo para findar, é para ser feito e refeito, pensado e repensado, renovado, sim, renovado para não virar ladainha e ficar chato, para ser reformulado sempre, discutido ao infinito. Porque é transcendente, é inalcançável na sua lógica porque é transcendente, vai além da nossa mente, nossa tão limitada mente.

E tem mais, é, sim, uma resposta à questão do sentido, do significado da vida, da nossa missão aqui. Agora, não é de jeito nenhum uma resposta à questão mais dura, a da morte. Eu sei, eu digo, temos que morrer para dar lugar a outros que virão prosseguir a caminhada ontológica, não ficar atulhando as sendas com corpos decrépitos. Mas isso em nada reduz o horror da morte, da náusea diante do fim implacável, da finitude obrigatória que é da Lei. Wagner viu isso muito bem, gigante intelectual, tudo para nós acaba mesmo no nada, selou assim o seu ciclo principal de óperas, o Anel, foi o maior dos músicos, na grandeza e na harmonia, mas também filósofo e profeta, antecipou Freud na questão do inconsciente. Minha frustração é não ter estudado filosofia sistematicamente, para fundamentar com solidez minhas ideias. Entendo tudo, acho que entendo, mas não sei dizer.

Revoltantemente, a vida acaba, isto é, a nossa vida, o tempo nosso, individual. Continua o da espécie, o da Criação, mas o nosso finda, o de cada um de nós, sem consideração nenhuma a cada um, e isso revolve nossas entranhas com forte repulsão, não há reflexão que a abrande. Mas há uma cogitação que injeta um certo contraveneno na meninge, e que também levanta um certo espanto. Esta cogitação vem na pergunta: e se não acabasse a nossa vida individual? Se durasse para sempre aqui na Terra, como seria?

Ah, que pergunta. Não sei responder, nem posso saber, nem ninguém, o que seria uma vida humana que fosse continuando indefinidamente, mesmo na hipótese favorável de ser um envelhecimento sem a degradação do corpo, ou pelo menos sem as dores e as mazelas mais sentidas da velhice, do fígado, das articulações, do equilíbrio, mas que fosse seguindo, continuando, dia a dia, saturando o vivente dos mesmos sentimentos, emoções, sons, imagens, palavras, ideias, essas coisas da vida, repetindo, mesmo que apresentando novidades, novos sons, tonalidades diferentes, novos sabores, aparências novas de uma mesma realidade, porque até mesmo a apresentação de novidades acaba revelando um processo de mesmice e produzindo um certo tédio, fastio de novidade. Para quem viveu no século XX, na segunda metade, não há mais uma grande sensação, por exemplo, em experimentar uma viagem à Lua. E o que mais? Computadores, celulares, máquinas, remédios, curas impensadas? Até a beleza das mulheres é a mesma, não importa que sequem um pouco as curvaturas, nem que se alterem cirurgicamente seios, olhos e narizes, o corpo todo da mulher, o resultado não difere, a luz e o enlevo, o sortilégio da feminilidade acaba sendo o mesmo, e até este, o maior apelo da vida para o homem, a mulher, se enfraquece com a repetição infinda. Digo não só por inferência vinda do geral da vida mas por vivência, experiência própria, a mulher bonita era uma luz assim como um arco voltaico para mim. Era. Ainda é, mas. Então, como seria a conversa entre dois velhos de trezentos anos? O que teriam a dizer entre bocejos? Será que não quereriam dormir um sono bem longo, descansar da enorme chatice da mesmice, um sono, quem sabe, desligador do mundo? Os fígados apagando, apagando, devagarinho, até desligar o fio.

Possivelmente. Provavelmente. Até Beethoven enfara. Olhando um para o outro, procurando em silêncio palavras e temas, tomando um vinho animador, como fazemos em nossos velhos encontros para repetir conversas de cinquenta anos atrás inseridas no espetáculo de hoje, com expressões mais liberadas ou cantantes, segundo a moda do dia.

No que conversassem, aqueles velhos tricentenários quase com certeza falariam de mulher, mesmo que a entonação tivesse um timbre rouco de inapetência. Bem, eu penso que homens sempre vão gostar de falar de mulher, como disse, acredito em Deus, que nos fez assim. Falariam de mulher mas também de amor e de sentimentos desta espécie, de atrações e repelências entre pessoas, muitas vezes sem nada de sexo, falariam de pessoas, sim, de convivência, o cerne da vida humana é a convivência, você tem toda razão, Cristina, só que não é preciso psicanálise para ver isso. É o mais difícil, sem dúvida nenhuma; e, talvez por isso mesmo, por ser o céu e o inferno na Terra, é justamente o maior encanto da vida, a com-vivência. O inferno da vida são os outros, Sartre disse muito bem; mas é também o céu, ele não disse, a convivência, o estar com a pessoa amada, com o amigo, com o cara alegre e interessante, a pessoa que diz uma coisa nova.

A cogitação sobre o imensurável tédio da vida infinda se aplica evidentemente sobre a prometida vida eterna no céu. O contentamento do reencontro com os entes queridos, o conhecimento dos antepassados que foram gerando a nossa descendência, tudo isso, surpresas daqui, surpresas dali, pode-se imaginar, produziria encantos mil, centelhas brilhantes de felicidade e maravilha em sucessão, mas inevitavelmente, ao cabo de um tempo, décadas, ou séculos, acabaria por se dissolver num fundo e melancólico enfado. A vida eterna no céu, a ressurreição da carne, o âmago do consolo cristão para os que morrem, não é um estado de tempo igual, nem semelhante, a uma soma inacabável de alegrias vivas e inocentes como as da felicidade terrena. Então, morrer continua sendo mesmo uma desgraça, mas se houver a vida eterna deverá ser uma chatice inominável, o eterno retorno, mas eterno mesmo, e inaturável. Por isso, pode também ser um alívio, a nossa morte, o ponto final para evitar um tédio desesperante. Wotan, cansado, quis a morte, a aniquilação. Li esses dias que encarcerados italianos, condenados à prisão perpétua, pediam a pena de morte por não mais suportarem o tédio de uma vida sem projeto, sem saída, sem nenhuma esperança — *"lasciate, o voi que entrate, ogni speranza*". Após a morte, se houvesse outra vida, acabaria no tédio insuportável.

Não, responde o clérigo teologizado, a alegria da vida eterna, que é suprema, é a contemplação de Deus, face a face, a mera visão, no sentido mais amplo, a visão, a audição, o sentido total do Belo indescritível, do Bom indizível, do inesgotável, do infinito que é Deus.

Bem, não é preciso recorrer à Face de Deus: aqui mesmo na terra, ou lá em cima, se pudermos contemplar a vida aqui, o prazer da contemplação preenche a alma; viver é bom, é feliz, porque participamos da vida contemplando-a. A velhinha que perdeu tudo mas tem uma televisão para ficar o dia inteiro olhando e escutando, contemplando o espetáculo, não quer morrer nunca porque a visão da vida, a contemplação da vida, o sentimento da vida é a felicidade do ser. Que ninguém quer perder.

Foi um parêntesis necessário, mas fechado, sem deixar margem a discussão, teologia é teologia, está em outro plano. No plano terreno, que é o nosso, o acabar da vida é o maior padecimento que se pode imaginar, e os outros tormentos estão mesmo na difícil convivência com as pessoas. Onde também estão as maiores alegrias. Isso.

E quando se trata de um casal, os problemas da convivência, os maiores, são sempre relativos ao sexo. Você sabe muito bem disso, Cristina, você sabe, sem necessidade de psicanálise. Admito, concedo que essa constatação vem de Freud e da psicanálise, antes ninguém se referia ao sexo, imagine se meu avô e minha avó conversavam sobre sexo. Há outros problemas, claro, dos quais se falavam entre marido e mulher em outros tempos civilizados, as divergências de espírito, os choques de visão e de opinião, o quero isso e não aquilo, até mesmo o fastio das caras sempre as mesmas. Mas o inconciliável, o inaceitável, o que fere fundo e pode levar ao crime, está na coisa da cama e do sexo. Que pode levar ao crime. Homem e mulher unem-se, casam-se para fazer sexo, trepar e, como consequência, carinhosa consequência, ter filhos e constituir família, tudo tão entrelaçado, conjugado, amor de cama com amor de família, que fica mesmo difícil fazer a distinção essencial, se é que ela existe. E esta relação de sexo, que quero destacar, que deveria ser muito simples, é realmente muito complicada, vai ao íntimo das almas, ao irracional e inconsciente.

Não é só a vida sexual deles, do casal entre eles, na cama, onde corre um caudal de prazeres e desgostos, de encontros e desencontros, não é só aí que acontecem e explodem problemas. Talvez seja esta a principal raiz dos desafetos entre marido e mulher, mas não é o maior dos focos de desespero e de paroxismos. Este foco mais duro está também no sexo, claro, mas principalmente no sexo fora do casamento, homem e mulher em outros leitos, em outros recessos, envolvendo amor e carinho, também, porque sempre há amor numa relação de sexo, até com putas, até por dinheiro. No mais das vezes é um sentimento de amor que fica só na pele que roça a cama, não vai à alma. Mas é forte porque é amor. Pois é este amor, justamente este, próprio da cama, só de cama, que é o mais difícil de manter na monogamia, quase impossível, na repetição de anos, você sabe muito bem, Cristina, e este é o que busca outras alcovas à margem do matrimônio. E exige mentiras quase sempre descobertas, difíceis de manter. Eu menti muito, e sei. Menti por delicadeza e carinho mas feri quando fui apanhado. É assim. Agora, amor de alma é muito possível manter, e é até muito provável que se desenvolva e cresça ao longo do tempo entre homem e mulher que vivem juntos por anos, devotados a uma causa comum tão forte e encantadora como a dos filhos. E acaba sendo o amor mais vigoroso, este, o de alma entrelaçada, por isso os casamentos arranjados de antigamente davam certo. O homem, claro, tinha outras mulheres de cama por fora. Tinha que ter. A mulher tinha ou não, e, quando não, tinha muitas histerias. Mas.

Nem sempre; nem sempre, me respondem os padres com paciência, citam-se exemplos, numerosos, e isso é notável, realmente, é estranho, mas acredito nessa multidão de exceções.

Lembro-me dos meus pais, já falei, as diferenças de hormônios como eram compatibilizadas, os dela, tão femininos, que eu sentia na pele toda vez que ela me acariciava, que suavidade única, incomparável, a doçura do carinho, das mãos de minha mãe, eram hormônios, com certeza, que corriam pela pele das mãos dela, de fada, tão macias, e do beijo dela, que sensação benfazeja, hormônios, só que naquele tempo não se sabia, tudo era ainda velado e venerado, bonito e elevado.

Então, se é assim, se o sexo não é completamente dominante, ou pelo menos não o é na maioria dos casos, é melhor estruturar o casamento no amor de alma, e deixar o sexo livre para suas realizações na diversidade, que são sempre fugazes, mas às vezes fulgurantes. Bem, parece que nas mulheres não tanto fugazes, e aí as coisas também complicam um pouco. Mas no nosso caso, falo de mim e de você, Cristina, é bom lembrar, estou sempre falando de nós, eu e você, no nosso caso felizmente não complicou. Daí que estamos vivendo juntos como nunca, e nos escrevendo em profundidade, mesmo morando juntos e nos falando todo dia, normalmente, com ternura. Eu escrevendo por mim e por você, como se fosse você, eu sei que posso. Para festejar. E para agradecer. Isso, para dar graças.

Sim, vamos retomar, tivemos dificuldades, nós dois, evidente, muitas, grandes, e todas, sim, praticamente todas, relacionadas com as namoradas que eu tinha. Sempre. Entretanto. Entretempo. Eu nunca pude ficar um espaço maior sem uma namorada, mesmo que não trepasse com ela, muitas e muitas vezes eu não cheguei à cama, com várias delas, eu desejava, muito, flertava, beijava, e me masturbava, e aí era até mais forte o namoro, mais inventivo e prazeroso, e mais forte ainda, e mais justa, talvez, a sua indignação, a sua repulsão, pois que você intuía tudo com clareza. Defeito de caráter, admito. Fraqueza de caráter, pode até ser chamado assim. Eu era impotente para conter este sentimento de ganância sexual fantasiosa. Fui até um tanto ou quanto impotente sexualmente, foi difícil para mim aceitar isso, minha força sexual era muito limitada, meus testículos não eram poderosos na fabricação da testosterona, eu gostava de namorar, de acariciar, chegava a copular e depois que trepava ficava impotente, a segunda vez era sempre difícil, a terceira nem pensar.

Quando penso nisso, sempre vem a reversão pela memória da quadra da adolescência, as competições masturbatórias com revistas pornográficas, os cotejos que se davam na casa do Felipe, eu nem ousava emular, dizia que já tinha ejaculado aquele dia. Era um apartamento grande, de pais sempre ausentes, viajando, não podia entrar puta, o porteiro não permitia, mas não era incomum uma menina menos pudica, ou mais salaz, que vinha para rolar despida na cama, por vontade dela, rolar com um, depois com outro, por vezes com dois ao mesmo tempo, deixando tudo menos botar dentro, era palavra de honra; somente uma, certa vez, por amor, deixou Marcelo penetrar por trás e depois não quis dar para os outros, porque tinha doído, porque não tinha amor pelos outros, e porque estava doendo, ela queixosa, e aquilo acabou gerando um conflito gravíssimo que rompeu a amizade entre Marcelo e Oswaldo, e interrompeu, durante quase três meses, nossas reuniões na casa do Felipe. Acabou tudo voltando ao que era, ao que devia ser, no interesse de todos daquele clube. E eu não conseguia, como os outros — éramos seis, ficar na sacanagem durante duas, três horas. Não conseguia. Depois da primeira ejaculação começava a achar a menina feia e torpe — e nenhuma delas era bonita na verdade, uma ou outra gostosa de carnes, mas nenhuma bonita, e eu sempre gostei de mulher bonita de rosto, não apenas de corpo, eu cansava e me desinteressava. Havia uma mulher, essa, mulher mesmo, de seus trinta e cinco anos, ou mais, quarentona, bem cheia de corpo, morenona forte de boca rasgada e cabelos pretos caracolados, unhas vermelhas bem-feitas das mãos e dos pés, apresentada à turma pelo Charles, o que dançava primorosamente, uma mulher que chegava depois do almoço estuante e perfumada, de óculos escuros, bem vestida, vinha e passava a tarde toda com a gente, com a turma, na cama. Essa trepava mesmo, vinha para isso, era o interesse dela, o sexo com adolescentes, uma feminilidade ativa e voraz que ela possuía. Voraz. Recebia um depois do outro, ficava mais de meia hora no quarto com cada um, gozava com todos, intensamente, de se escutar os gemidos lá da sala. Iam os cinco, um após o outro, tirando a sorte, menos eu, que alegava desinteresse, para assuada geral, mas era de verdade, desinteresse, destesão por aquele mulherão, aquele corpanzil que me sufocaria. Numa das vezes, na saída, ela saciada e jubilosa, afagou-me o rosto com mão suave e disse "que pena que ele não gosta".

Bem, não vou prosseguir, recuso-me a ficar aqui a referir intimidades e pequenezas das fases menores da vida. A vida é maior, oh, realmente. Mas digo que, se fosse mulher, mulher bonita — e eu seria uma mulher bonita — eu me prostituiria, com muita elegância, com muita exigência, mas seria prostituta, dar profissionalmente, gozar se quiser, receber bastante dinheiro por isso, deve ser fascinante, realmente. Falaria com meu marido, por que não? Ele compreenderia, do contrário não seria meu marido. Traria muito dinheiro para a casa. De uma forma deslumbrante. Aliás, hoje, isso já é comum: as casas de mulheres, hoje, estão cheias de belas putas de família. Um dos filmes que mais me encantaram em toda a vida foi o da bela mulher bem casada que frequentava um bordel durante o dia, a *Belle de jour*, acho que era de Buñuel. Mas não é isso que importa.

O que importa: foi difícil nosso casamento, todo mundo sabe o que é isso, sem necessidade de detalhes, miudezas. Não foi só o caso de Heloísa, que foi mais duradouro, que foi mais profundo, sim, não sei dizer a razão, mas eu chorava com ela, com os sentimentos dela, com a beleza dela, com nenhuma outra foi igual, os olhos dela, aquele azul comovente, me falavam diretamente ao coração. Eu chorava de emoção. Cheguei a pensar em separar-me de você, sim, de fato, naquele momento pontual, cheguei a pensar, cheguei a cogitar, mas nada além disso, nada, porque eu nunca chegaria ao termo de tomar a decisão de abandonar minha mulher, e isso por amor a ela, você, sim, por causa de amor, aquele amor de alma de que falei, eu conhecia a fragilidade dela, sua, não precisava a advertência do médico, não foi por causa dele, da fala dele, mas de você mesma, minha mulher querida, delicadíssima, eu nunca a abandonaria com a menina, acho que você não sobreviveria, tenho como certo, mas não foi, seguramente, não foi por causa disso, do medo do remorso, foi, antes, por amor mesmo, a você. Eu mantive, durante aquele passo com Heloísa, eu segurei comigo e acariciei este nosso amor, você também, parte a parte, você lia livros de psicologia, um atrás do outro, e durante um mês de férias viajamos de carro com Lena para o Rio Grande do Sul, um país maravilhoso, um mês ficamos lá percorrendo aquela terra soberba, e eu me decidi a não procurar mais Heloísa quando voltasse. E cumpri, comigo mesmo. Ia à faculdade e não passava mais pela sala dela. Foi difícil; não sei se não foi falta de caráter.

Foi difícil, repito. E todos sabem, não é à toa que hoje os casais se separam, quase todos. Mas acabam se juntando estavelmente mais adiante, na terceira, na quarta tentativa, acabam vendo que é uma disciplina necessária para a felicidade, que a felicidade está nessa disciplina, e demanda um certo grau de quietude nos dias do tempo. Para a mulher também, hoje é igual. Depois da libertação da pílula todas querem dar e gozar em outros recessos por fora do nupcial. É muito prazeroso. E as mulheres demoram mais na propensão, a libido mantém-se aderente por mais tempo, é do gênero, e isso complica, como eu disse, aumenta a probabilidade de descoberta ou de desgosto do marido.

Um importante cultivar de erotismo, talvez o mais importante, eu tive com as alunas, jovens, mocinhas, informais, peles sedosas, entregavam-se com delícia e inocência à atração do professor, o homem experiente que fala coisas sobre um mundo que está se abrindo para elas, e fala com a segurança do versado na vida, frequentemente com mais segurança até que o pai, e sem o enfadamento do pai, é irresistível. E a dificuldade, para elas, sempre esteve no ponto final da viagem, elas sofriam com o desfecho, eu tinha de cuidar e ralentar aos poucos.

Bem, já disse, não vou aqui desfiar intimidades nem jactâncias.

Quero ficar no debate geral. Para afirmar que é possível, sim, manter o casamento e trepar por fora. E asseguro que é saudável, faz bem à saúde e é até mesmo, ouso atestar, condição sine qua de um bom casamento. Afirmo. Cristina também andou tendo relacionamentos, eu sabia e fazia que não. Uma vez até recebi uma carta anônima que joguei no lixo, naturalmente. Pois bem, aquilo até me dava mais tesão por ela, refazia a atratividade, uma mulher desejada por outros, ela exalava um fluido novo de feminilidade quando estava tendo um caso, eu gostava, em vez de ficar possesso como um ciumento idiota. Ciúme não é amor; é desequilíbrio mental. Cuidado; por isso mesmo é perigoso, é perigo de vida.

Sim, esta carta é escrita para celebrar a nossa vida, Cristina tem razão no seu alvitre, embora eu tenha tirado a caneta da mão dela para escrevê-la eu mesmo, seguindo a proposição e o cuidado dela. Celebrar nossas duas vidas, e juntamente a da nossa filha Lena, saudável, física e psicologicamente, mulher hoje com quem temos gosto em conversar, alegre e renovadamente, em todos os planos, até os mais recônditos. Felicidade. Tenho buscado muito a reflexão sobre este tema, o da felicidade, depois direi.

O intento é celebrar as metamorfoses que se desenrolaram dentro da nossa casa, e fora dela, no Rio, nesse Rio encantador, diante dos nossos olhos, e com os nossos gestos, nossos intuitos, e com os nossos passos, nossa dança, conforme a música mas nem sempre, oh, a música, sempre que falo em música me comovo, o patrimônio maior da Cidade para mim, o samba, desde os clássicos, Noel, Ari, Ataulfo, Caymmi, as marchas carnavalescas, vou às lágrimas quando as relembro. A música tem um parentesco muito próximo com a mística, uma vibração especial que penetra direta no fundo da alma. Também a música clássica, meu deleite, como a música popular no requinte, o show de bossa nova que assistimos juntos na Urca, João Gilberto, e mais, tudo o que fruímos no tempo da maturidade em fermentação dentro de nós, os filmes de Antonioni, de Fellini, de Bergman, o curso do ISEB, fizemos juntos, praticamente, porque eu assistia às aulas e repassava-lhe o conteúdo, líamos juntos os livros, que coisa instigante, e borbulhante, reviver isso, o que foi do Rio em etapas de beleza, de clareza e excitação, o auge do Rio, entre os cinquenta e os sessenta, justamente os nossos anos de amor mais vivo. A vida são fases, é una no tempo mas feita de fases, cambiantes em luminosidade, em dinamismo, e em felicidade, a gente sabe quando muda de fase, até a última, a gente sabe quando está vivendo a última fase da vida. Eu tenho um relógio aqui dentro de mim, um relógio macabro, que é o fígado arruinado, esclerosando, esclerosando continuamente, dia a dia.

Depois daquele auge, passo a passo, veio vindo a massificação, a televisão, a poluição, a deterioração. Brasília foi, sim, uma glória para o Brasil, a posse do seu mapa por inteiro, mas foi também a derrocada do Rio. E, depois, a partir dos oitenta, a onda geral, a globalização, o neoliberalismo e o cinismo, a puta que o pariu.

O cinismo, o pior, não me conformo. Uma certa vanglória em renegar a moral em nome da ciência e da eficácia.

Mas a liberdade, por outro lado, a maturidade, que coisa importante, e as próprias luzes da Cidade, sua filosofia, o samba, tudo continua, nada de inconformismos, é o que me diz a alma ainda hoje, como a de Cristina também.

Fomos privilegiados nas oportunidades de vivência. Nunca nenhuma geração anterior havia sido assim no Rio, estremecida no tempo e no espaço. Apartamentos, automóveis lustrosos, geladeiras, aspiradores, liquidificadores, supermercados, o primeiro Disco na rua Siqueira Campos, desodorantes, antibióticos, aviões, viagens, o cinema — a maior viagem, o cinema, a URSS, o fascínio, o Sputnik, rádios de pilha, máquinas de cálculo, long-plays, sons perfeitos, o máximo.

Depois, televisões, principalmente, até o computador de mesa. Nem falo de celular pelo horror que tenho, a perda completa do respeito humano, você está conversando muito bem o aparelho toca e a sua conversa acaba inexoravelmente, seu interlocutor o ignora e passa a conversar com outro na sua cara sem o menor constrangimento, é a lei do celular, o celular tem sempre preferência.

O sentimento do progresso ilimitado. E inconsequente.

A pílula. Sim. A nova mulher.

Há historiadores, cientistas sociais. Eu não sou.

Mas,

o desencanto.

Será da idade, talvez, quase certo, o famoso saudosismo que floresce na velhice. Comovente. Com certeza será do fígado também, claro. Entretanto, sei não, pelo menos um certo desencanto com algumas demasias da inovação, velocidades tecnológicas que desfazem estruturas ainda tenras, cheias de vida, viçosas. Isso existe. Depois do computador, então, que chegou quando aquele auge do Rio já estava ultrapassado, chegou junto com o cinismo, puxa, quanta alegria besta veio trazida na mesma canastra. Google, pesquisa fácil, falsidades que encobrem mediocridades, e que vão sendo assumidas no próprio dia a dia, lidando com virtualidades. Aonde se leva e quando se para?

O desencanto e a perda da inocência.

Como era balsâmica aquela inocência. Saudosismo, sim, putz. Idealismo frondoso, fantasias que se cultivavam, projetos de aperfeiçoamento de cada um e de cada grupo, coisas sérias, levadas a sério, hoje nada mais é genuíno, tudo é explicado operacionalmente, cientificamente, positivisticamente, o comportamento da gente, quimicamente, até os sentimentos são substâncias no sangue, crau!

Pouco depois que eu comecei a dar aulas na faculdade, ainda como contratado, logo no início mesmo, antes de fazer o concurso, sessenta e três, acho, eu aceitei, de bom grado, de graça, com alegria mesmo, a missão de dar aulas de alfabetização pelo método Paulo Freire, que era o máximo, era invenção mesmo, aulas para peões nordestinos da estiva no sindicato. Que vibração. Que preenchimento! Missão política, sim, solidarismo pleno, que depois me deu um problemaço, quase demissão do Banco, imagine, mas que bom sentimento eu carregava com aquilo, eu e tantos. Hoje quero dar aulas de português e matemática em escolas primárias, chega de economês, ensinar primórdios, a ler e a dizer corretamente, a escrever, a fazer contas fundamentais, e não consigo, levanto suspeitas não sei de quê, cotoveladas dos professores desconfiados, competitivos, os meninos aprendem tudo isso muito bem com eles nas escolas, não precisam de ajuda por fora, de um leigo, velho, desinformado. Velho, ultrapassado pelas novidades didáticas, isso é pesado. Suspeição, ademais, assentada sobre uma realidade que é a do cinismo pragmático, onde não existe gratuidade, tudo é calculado em termos de vantagem, a tal lei do Gérson (grande armador, glória do Botafogo, todavia precisou de fazer aquele anúncio horrível para ganhar algum).

A luta armada, que ingenuidade enorme. Eu não entrei, ajudei com contribuições minhas e de outros que arrecadava e que Fred levava, dei sorte de fada em não ser apanhado na cana dura da tortura, sorte só, não, competência e responsabilidade do Fred que não escrevia nada, caderninho nenhum, tinha tudo na cabeça. Eu não entrei direto no esquema porque tinha família, mulher e filha. E medo, também, claro, principalmente, muito medo, tinha para mim que aquilo ia acabar mal, como acabou, sofreram o cão, eu intuía e tive medo. O medo, aliás, sempre foi um condicionamento forte na minha vida, devo confessar, faço-o com certa vergonha mas faço por honradez, há outros que têm e não o confessam. Sinto-me um pouco melhor assim.

Não sei de onde vem esse medo intrínseco, medular, certamente de episódios da infância, essas coisas sempre brotam na infância e se enquistam na mente para sempre, muitas vezes, dizem, acontecem na pré-infância, até na vida intrauterina, e a gente não tem lembrança nenhuma, não tem consciência. Eu, que me lembre, tinha medo de polícia quando era menino pequeno, me recordo de ter medo, muito medo mesmo do guarda da praça onde minha babá me levava a passear, tinha medo de pisar na grama porque era proibido e o guarda podia me prender, ela dizia. Depois me lembro bem de uma vez que passeava de bicicleta na rua com os amigos, quando vi ao longe uma caminhonete que se aproximava e que parecia ser da polícia, tinha uma bandeirinha tremulando em cima da capota, e eu sabia que minha bicicleta estava irregular, ilegal, porque não tinha sido licenciada, como era exigido então, e eu entrei em pânico, achando que podia ser preso por causa daquela bicicleta sem licença, e em pânico larguei-a jogada no chão da rua, novinha que era, marca Singer, me recordo, e saí numa carreira desabalada para minha casa, que ficava a uns dois quarteirões. Para não ser preso. Cheguei esbaforido e branco como um papel. De medo. E logo depois veio o rubor e a vergonha. Os homens da caminhonete, que não era da polícia mas da água, o que seria hoje a Cedae, faziam uma vistoria, os homens chegaram rindo, haviam percebido tudo, chegaram rindo para entregar a bicicleta que eu havia abandonado no meio da rua. A vergonha, enorme, mas assim mesmo um pouco menor do que o medo que me havia dominado pouco antes.

O medo, sim, me travou o ingresso mais profundo no movimento da luta armada. Graças a Deus. E abortou outros projetos da juventude, o dar a volta ao mundo sem dinheiro, descobrindo a vida. Mas no caso da luta armada também outra razão. Confessado o medo, posso mencionar também outra razão que não foi fraca, mesmo que seja hoje pura racionalização, mas eu não acredito em nada que seja revolução por armas, que tenha de matar gente, não só não acredito que seja possível, enfrentar as forças oficiais, muito mais numerosas, bem treinadas, armadas e equipadas, mas não acredito também em outro sentido, não acredito no sentido de que não desejo, repilo, rejeito, e já rejeitava quando jovem, isso é importante, qualquer coisa que saísse fora da democracia, da vontade da maioria, e tivesse que usar a violência para se impor, no fundo eu não gostava, não achava justo, repelia. Hoje tenho convicção bem racionalizada, nenhuma maioria quer revolução, você sempre tem que impor a coisa pela força, e acaba dando merda, inevitavelmente, necessariamente. Mas não foi só por essa razão que fugi do caminho perigoso, nem foi a razão mais forte, na hora foi por medo mesmo, com certa fascinação pela coragem e pelo idealismo, desprendimento total dos moços, e moças(!) que jogaram sua vida naquela ideia de um país novo, belo, justo e ético.

Roubaram o meu carro na porta de casa, jovens, dois rapazes e uma moça, entreguei-o na ponta de um revólver, vi logo que eram eles. Fui à delegacia e dei queixa, naturalmente, e tive de dizer que achava que eram revolucionários, não ladrões comuns, pela aparência e pela idade, podiam fazer qualquer serviço que depois me incriminasse caso eu não desse aquela queixa. E tinha o seguro, também, que exigia a ocorrência policial para ser pago. Dias depois, uns dez dias, o carro apareceu de volta na frente da casa pela manhã. Dentro havia uma carta, com um pedido de desculpas de revolucionários que não eram ladrões mas lutavam por uma causa maior, coletiva, nacional. Sabiam quem eu era, um simpatizante, um aliado, professor que contribuía e deixava deslizar mensagens em sala de aula, e por isso devolviam o carro, depois de o terem utilizado em missão importante mas muito reservada. Pronto. Tive que ir à delegacia novamente, e informar que o carro havia reaparecido na porta de casa. Como? Bem. Eu não sabia. Simplesmente, haviam devolvido. A chave jogada na caixa do correio. Claro que não mencionei a carta, não podia mostrá-la. Mas aquilo não era comum, a devolução, assim, a domicílio. Bem, eu não sabia. A cara do delegado, e principalmente a cara esburacada de um detetive sacana, companheiro dele, que sorria ironicamente recostado. Mau momento. De incerteza. De medo também. Expectativa medrosa. Durou meses.

Para onde foi aquele idealismo político? Para onde o idealismo qualquer? Quando, em que ano, se deu a virada do cinismo? Refiro-me, claro, à mocidade, que só pensa agora na competitividade do mercado.

A elite como um todo também era idealista, não só os esquerdistas. Eu conheci alguns deles na faculdade, especialmente na Faculdade de Direito onde andei dando algumas aulas de Economia, conheci professores da minha faixa etária, que tinham sido moços católicos, católicos como os de antes de 64, muito conservadores, reacionários, mas cheios de pureza e idealismo, observei-os, conversei muito com eles, falavam de democracia com fervor, referiam-se a antigos udenistas que haviam conhecido, e até aos integralistas, muitos haviam transitado por ali, falando dessas figuras com fulgor na alma. Para onde tudo isso foi?

Perdas. O avanço científico, que prometia um jardim de delícias, nos jogou numa macega seca e cínica onde todos competem pela eficácia no produto só para enricar e consumir, ostentar, vangloriar, comer as melhores mulheres, sem saber pra que mais. Duramente. Trabalham às cotoveladas e até aos golpes baixos. Duramente, de sol a sol. Secamente.

Não; não é bem assim, é uma hipérbole, eu sei, ainda existe amor, até trabalho pelo bem comum existe, puramente, sem remuneração qualquer, vou com calma, existe, eu sei, e até participo de alguns desses trabalhos, por isso sei. Mas a escala é outra, é micro, aí é que está, escala de ONG não é a maior, não é a da política, na política só existe hoje espertaza e ciência positiva, pesquisa de opinião e psicologia eleitoral a serviço do poder, do poder pelo poder e do poder pelo dinheiro. Por incrível, por mais inacreditável, o velho maquiavelismo associado ao positivismo comteano, tão repudiado pelos liberais, mas finalmente vencedor, e cristalizado justamente no liberalismo, no competitivismo de mercado.

Eu tive uma experiência desastrada, enfrentei o positivismo e saí fragorosamente derrotado. Deprimente. Sinto dores no esqueleto quando conto, e entretanto tenho de contar. Quando Celso Prates assumiu a Reitoria, em julho de 78, Celso, meu velho amigo e irmão de ideias, convocou-me para chefiar o departamento de Ciências Econômicas e Sociais, queria dar uma arejada fresca e larga naquele setor meio embolorado, conversou comigo longamente, queria mesmo que o departamento se transformasse numa alavanca do renome e do prestígio da universidade, com práticas didáticas avançadas e honestas, mas rigorosas sob o ponto de vista acadêmico, com um grau de excelência que fosse reconhecido até internacionalmente. Achava que eu podia conseguir isso, com a liderança que tinha entre os colegas, com um certo renome, reconheço, e com o propósito de materializar as ideias que defendia sobre multidisciplinaridade, o grande veio de criatividade aberto à ciência moderna, ou pós-moderna. Ele de longe conhecia minhas ideias e achava interessante pô-las em prática. Encheu meu peito.

Pra quê?
Oh!

Tentei, sim, não podia recusar aquela incumbência, missão tão elevada, aceitei com seriedade, com empenho, com espírito decidido mas aberto e democrático, presumindo atitudes cooperativas e construtivas, procurando ouvir todo mundo, fazendo reuniões e reuniões, amplas, informais, pra deixar todo mundo à vontade, discutindo diretrizes e depois detalhes, de como seriam as aulas, pelo menos dois professores em cada aula, o esforço dobrado que ia exigir de cada um, se topavam mesmo, se estavam dispostos, ufa, um trabalhão, seis meses de preparação para colocar o esquema em funcionamento no início do ano letivo de 79. Funcionamento precário naquele início, naturalmente, eu me desdobrando para fazer o contraponto da interdisciplinaridade na maioria das matérias. Mesmo assim, um sucesso retumbante entre os alunos, em termos de interesse, de comentários, de participação nas aulas, um colosso. Mas pra quê?

Interesses sedimentados por baixo, e para baixo, hábitos anquilosados e petrificadamente egoísticos, concepções retrógradas, enraizadas no velho positivismo que ainda domina a ciência no Brasil, inclusive as Ciências Sociais, principalmente as Ciências Sociais, do comportamento humano, tudo isso misturou-se num caldo grosso, azedo e reacionário que foi se avolumando e represando contra mim, incluindo-se aí a inveja, a velha e verde inveja humana, que se agiganta nas almas menores, e ao final do primeiro semestre aquilo rebentou na minha cara, assumindo até a forma de agressão física, tal a potência da ira fermentada.

Humildade; há que ter humildade e não querer avançar muito além das cercanias da mediocridade. Estou me dirigindo agora a todos, é uma carta aberta, esta, e este ponto para mim é fundamental. Humildemente reconheci os excessos da ousadia, e tristemente abdiquei do projeto mais importante, inovador e alargador que já foi tentado na universidade brasileira. Paciência. Mediocridade e positivismo são duas coisas que andam juntas e ainda têm muita expressão na nossa terra, mormente entre as pretensas elites. Estou escrevendo um livro sobre isso. Sobre o homem brasileiro, o homem simples brasileiro, que, diferente do pretensamente elitizado, tem certa grandeza própria, seu sonho de felicidade, que tem uma especificidade, é algo diferente, mais alegre e espaçoso do que o do homem do mundo rico, que identifica felicidade com consumo e ostentação. Enfim.

Enfim.

Quero um dia escrever a história dos vencidos, não a comum, dos vencedores. São projetos, tenho outros ainda, e sei que a gente vive enquanto tem projetos; pretendo executá-los todos, um a um, enquanto o fígado for dando. A história dos escravos, a história dos favelados, sim, por exemplo, eu gostaria muito de escrever a história da Baixada Fluminense, a terra dos que vieram da miséria com o intento de vencer no Rio, e a vitória foi sendo adiada e adiada. E isto pretendo mesmo fazer, em breve, uma verdadeira epopeia que começou com o grande plano de saneamento da Baixada, executado no tempo de Vargas. Aquilo tudo era uma imensidão palustre, inabitável, que acabou virando depósito de imigrantes nordestinos, amontoados, em busca das cintilações da cidade, das oportunidades, da irresistível sacanagem da cidade grande. O mundo da gente de Caxias, Nova Iguaçu, São João de Meriti, um mundo densamente povoado, que não é referido na imprensa, conheço-o mais ou menos, andei dando aulas por lá, para militantes do antigo MDB. Visitei ruínas que existem no meio desse mundo desabado; vestígios da antiga ocupação agrícola que escoava sua produção pelos rios que existiam. Existem ainda, claro, o Meriti, o Sarapuí, o Iguaçu, que eram límpidos, de águas cristalinas até uns trinta anos atrás, com recantos belíssimos e aprazíveis, cachoeiras, na minha mocidade, passei mais de um dia num sítio do pai de um amigo de colégio. Quero escrever essa história, tenho ademais lembranças de relatos e comentários de meu pai, que trabalhou como engenheiro nessa obra portentosa de saneamento. É um compromisso meu comigo mesmo.

E a minha história pessoal? Não, nenhum impulso para escrevê-la; outros que o façam; quem sabe, Lena, que, sinto, tem orgulho do pai? Nenhuma revisão também, se pudesse reviver o passado ao escrevê-lo. Nenhuma revisão. Mesmo. Faria tudo igual, não há este ponto no qual ponha algum arrependimento fundo. Minhas posições políticas, acho hoje que foram certíssimas. Minha convivência com Cristina, também, a decisão de cortar com Heloísa e manter o casamento. Perfeita. Foi difícil. E a mais importante, sem dúvida. Os caminhos profissionais, todos bem-feitos, corretos. Talvez só um que outro detalhe de atitude, alguma palavra mal posta ou relativamente fraca em certo momento, incrustada para sempre na coluna vertebral da alma. Ou algum detalhe de grau ou de intensidade no ato ou no projeto, um pouco mais de humildade e de realismo, menos ousadia no projeto da nova universidade, por exemplo, mas detalhe, sempre detalhe, nenhuma mudança de substância. Continuo achando que foi o projeto mais inovador e fecundo que se idealizou no Brasil acadêmico. Uma palavra aqui, uma atitude ali, pode ser. Por exemplo, quando decidi me afastar de Heloísa, deveria, sim, ter-lhe dito algo, não ter assim desaparecido tão completamente depois da viagem com Cristina. Uma palavra, que fosse, honesta, em vez da fuga covarde, a decisão de preservar o casamento e, consequentemente, deixar de vê-la, extinguir aquela paixão pela ausência, pela fuga mesmo, que fosse, mas fuga aberta, consciente e declarada, avisada, não embuçada, covarde, ela compreenderia, teria sido mais honesto de minha parte. Coisas assim, só, detalhes, se pudesse voltar atrás. Detalhes em atitudes, outro exemplo, minha fraqueza diante do delegado, e daquele detetive escroto, quando tive de ir à delegacia dar parte do roubo do carro. Mais digno, mais seguro de mim mesmo, apesar do envolvimento com o pessoal da revolução, poderia ter mostrado mais firmeza e dignidade, reconheço hoje, coisas que ficam na cabeça da gente, incomodando, ferroando, esquece-se muita coisa, ficam detalhes, esses eu mudaria se pudesse reviver. A briga com Geraldo Cunha por causa do projeto, isso nunca se apagou, um detalhe mas muito importante, Geraldo era um brutamontes mas se eu me tivesse jogado em cima dele, com a raiva que me movia, se tivesse me jogado de corpo inteiro, uma cabeçada na boca do estômago dele, teria enchido Geraldo de porrada, teria saído mais satisfeito comigo mesmo, ainda que tivesse apanhado muito. Há certas horas em que a violência é necessária, mesmo para quem é civilizado. Tinha de ter reagido com mais força, mais ímpeto, podia e teria derrubado o Geraldo. Bem, coisas assim faria diferentes, se pudesse voltar. Mas como a vida não volta, aceito aqueles detalhes impróprios, ou mesmo indignos, como realidade que nunca é perfeita, humildade, sim, fatos lamentáveis dentro de um conjunto que não só não renego como afirmo que viveria de novo. Sim, a vida toda, até a resistência paciente neste final difícil, de fígado arruinado.

Meu nome é Francis, nome expressivo de cientista e pensador inglês do século XVI. Eu gosto do meu nome. Meu pai, que era português, enfermeiro num grande hospital do Rio, o da Beneficência Portuguesa, na rua Santo Amaro, a mesma do velho High Life, meu pai exprimiu desde logo com clareza, como era do seu feitio, seu desejo de que eu fosse um cientista, desejo típico de português, que tem por matemáticos e cientistas a maior admiração, bem maior do que por artistas, músicos ou pintores, meu pai batizou-me assim, com um nome sério, britânico, minha mãe concordou, ela sempre concordava, coitada, o marido era robusto de corpo e de vontade, a pele bem clara e lisa cobria um tronco bem largo e dois braços de músculos grossos e potentes, homem colhudo e mandão, podendo ser violento, eu que sei, eu que sofri e que vi, uma vez deu uma surra de cinturão num rapazote grande da vizinhança que se meteu a querer namorar a minha irmã, foi um escândalo na rua onde morávamos, a Santa Alexandrina, no Rio Comprido, a mãe do menino, coitada, veio tomar satisfações e deu com a cara ainda fumegante do justiceiro, saiu de fino e disse que ia falar com o marido, que nunca apareceu.

Apanhar de cinto eu só apanhei uma vez, quando surrupiei um estetoscópio que ele tinha para medir pressão e fui brincar de médico com minha irmã e uma amiga dela, brincadeirinha malandra, sacana, de menino que estava querendo ver as vergonhas das meninas que, no fundo, também queriam mostrá-las, era um jogo de fingimentos infantis muito excitante. O pai sabia, conhecia a traquinagem, claro, e o estetoscópio era um aparelhinho caro e delicado, por isso e por aquilo, foi de cinto, até eu rolar no chão de tanto chorar e a mãe acudir. Acalmado, ele disse que tinha sido para o meu bem, para a minha felicidade, aliás sempre dizia isso depois de me bater, ligava a surra à minha felicidade. Isso muitas vezes aconteceu, apanhar de mão, aquela mãozona grossa e branca, bem de português, eu apanhei muito, ele era irado por natureza, não sei como podia ser enfermeiro, e sempre escutei dizer que era um bom enfermeiro, responsável, ganhava bem e era respeitado, recebia muita gorjeta, às vezes coisa alta, de comerciante patrício e rico que ele tratava depois de uma operação. Havia, na época, um cirurgião famoso no Rio, Pedro Teixeira, português de mãos habilidosas, que operava na Beneficência, meu pai trabalhava na equipe dele.

Não era Manoel nem Joaquim, chamava-se Felipe, meu pai, que lembrança forte tenho dele, sim senhor, a figura ainda salta inteira na minha frente, era um tipo sanguíneo, teve um infarto fulminante e morreu cedo, morte vigorosa como ele, aos cinquenta e dois anos, melhor do que apoplexia, também comum nos sanguíneos, mas que deixa a pessoa paralítica, às vezes sem falar, mas pensando, percebendo tudo, horrível. Foi minha sorte — isto é, que é isso, falar assim? Ao contrário, senti muito a morte dele, verdadeiramente, um pai é sempre um pai, mesmo bruto. Minha mãe sofreu mais, claro, sofreu com a perda do marido, da sua força e do seu salário, mas os portugueses arranjaram um emprego para ela na lavanderia do hospital e ela pôde sustentar nossos estudos. Só que o pai morreu em dezembro — foi um Natal cheio de choro lá em casa — e eu, que ia fazer na marra o vestibular de engenharia no janeiro seguinte, pude ainda mudar de ideia, livre, e fazer para direito, que era o que eu queria. Por isso escapuliu aquela expressão, sorte minha. Passei para a faculdade de Niterói, fiz o curso todo lá, acabei gostando da cidade, aquela barca todo dia, até hoje gosto, é uma cidade pacata e bonita, dizem que o mais bonito é a vista do Rio, mas só em parte isso é verdade, porque Niterói, para quem conhece, tem seu charme próprio, o andamento singular da vida, além das vistas mais bonitas não só do Rio mas de toda a Baía de Guanabara, lá na ponta da Fortaleza de Santa Cruz ou lá no alto do Parque da Cidade, de onde hoje os voadores saltam de asa delta. E hoje tem joias de arquitetura de fama mundial, como o Museu de Arte Contemporânea e a estação de barcas em Charitas, projetos de Niemeyer. E tem o Caminho Niemeyer, que será, quando acabado, o maior conjunto de obras do nosso arquiteto maior, depois de Brasília.

Formei-me advogado; sou advogado. Mas sou também policial, e gosto, delegado de polícia, posto que tem força. Polícia é fonte de poder direto sobre outras pessoas, é autoridade em exercício permanente, atrai ambiciosos de todos os tipos, exatamente como a política. Eu tive sorte mais uma vez, comecei como investigador na época do Roberto Silveira governador do estado do Rio, fiz campanha na faculdade para um deputado chamado Edésio da Cruz Nunes, que teve um caminhão de votos e me nomeou investigador encostado na Secretaria de Segurança, ali na Amaral Peixoto, perto da Assembleia. Eu ia lá uma, duas vezes por semana. A polícia é também uma maçonaria, ou uma patota — eu não quero dizer máfia, como outros que cospem no prato em que comem — e quando você entra não sai mais, vai conhecendo e galgando aqui e ali, vai aceitando e aprendendo, claro, sem fazer besteira, sem querer ser folgado nem bacana. Eu estive lotado em Itaperuna e Barra Mansa, antes de vir para São João de Meriti e, por fim, cair para cima no Rio depois da fusão. Tem que ser peitudo, sim, senão não angaria respeito, mas peitudo dentro das regras, dentro da ética da casa, as regras próprias da polícia que a gente vai aprendendo.

Como policial, eu gosto de observar o objeto principal da minha profissão, o ser humano, os bons e os maus, bandidos e fracos, cada um tem a sua graça. Na polícia as oportunidades são infinitas, é todo dia um caso diferente, a gente só conhecendo, registrando e acumulando, às vezes até se surpreendendo, a delegacia é um tratado de vida. E como delegado a gente é obrigado a escrever relatórios, aliás desde investigador, bem antes, eu já gostava de escrever, relatar casos, caprichadamente, escrever verdadeiros contos, fui desenvolvendo este gosto e esta aptidão. Tenho livros publicados, livros de contos, até com boas referências. Só não tenho marketing na mídia e hoje sem isso você não vende porra nenhuma. Na mídia, eu sou o delegado valente e sagaz, um dos "homens de ouro", melhor, fui, há tempos, e nesse viés não há quem não tenha ouvido falar de mim, vinte ou trinta anos atrás.

Valente e aposentado não é nada, é passado, é uma merda. Tento então ser escritor, sei que tenho qualidades, talento, e vivência rica, muita, observação de anos e anos, direta, de casos e de pessoas incomuns. Mas sou antes de tudo um homem realista, ensinado pela vida, e sei que não me abrirão um espaço na estante dos escritores, não me iludo. É para cultivar este gosto, e para encher esse tempo de velhice que escrevo, mais para mim do que para qualquer público; só para mim, na verdade.

E aí que me deu vontade de escrever sobre um casal que eu conheci, escrever numa forma diferente, como se fosse uma carta feita de um para o outro, falando em intimidade. Conheci o casal, isto é, conheci muito bem a mulher, o marido só de uma ou duas vezes que vi e de coisas que ouvi da parte dela, e também coisas que pesquisei sobre ele. Roubaram-lhe o carro, lá pelo meio pro fim de 74, eu recém-transferido para o Rio, encostado numa delegacia da Gávea, caído para cima, como se diz, e ele foi lá dar queixa, dizendo que eram jovens comunistas que tinham feito o roubo à mão armada na frente de sua casa quando ele voltava do trabalho. Uma semana depois, cagando-se todo, foi lá para dizer que haviam devolvido o carro, no mesmo lugar, na frente da casa durante a noite. Ora, ninguém devolve carro roubado, inda mais deixando na porta da casa e a chave na caixa do correio, que puta gentileza, estava na cara que os rapazes identificaram-no como um deles, os comunistas como ele mesmo tinha dito, no mínimo um aliado muito chegado. Era preciso ver a palidez do cara. Não sabia de nada, não sabia de nada, suava frio e falava fino, eu fiquei rindo por dentro. Só depois, uns meses depois, vim a conhecer a mulher dele, mais que isso, vim a comer a mulher dele regularmente. Uma delícia. Melhor, a delícia.

Interessei-me, não tinha nada que fazer naquela delegacia, e pedi a ficha dele ao Álvaro. Álvaro é um velho e forte amigo, dos primeiros tempos, ainda na velha secretaria, ficávamos juntos na mesma sala, coçando o saco. Ele era de Itaboraí, peixe de um deputado muito influente do PTB naquele tempo, o Paiva Muniz. E o Álvaro, sempre mantendo nossa amizade primordial, era um tipo muito jeitoso, político, sempre subindo degraus de influência com cuidado, sem ânsia, acabou chamado a Brasília e engajou-se no trabalho de Inteligência, esmerou-se, especializou-se nisso dentro da Polícia. Acabou servindo no SNI. E tinha a ficha de todo mundo, de quem ele quisesse. Reservadamente, óbvio, muito reservadamente, ele levava isso a sério. Secretamente, mesmo, coisa de patota muito íntima. O Brasil é um país formidável por causa disso: aqui nada é levado muito, muito a sério, muito rigorosamente a sério, há sempre uma margenzinha para o jeitinho e a amizade, o que é muito bom, é excelente, embora alguns idiotas não percebam isso, é excelente porque isso aqui nunca vai virar uma ditadura nazista, ferrenha. No tempo do Getúlio se viu isso, era classificada internacionalmente como ditadura benevolente. Benevolente por isso, porque havia um lado de respeito ao sentimento humano, as regras eram flexíveis, podiam ser amenizadas e até quebradas em muitos casos, com jeitinhos humanísticos. Houve a cana bruta do Felinto Müller, sim, em cima dos comunistas, ouvi descrições, mas é preciso considerar outros fatores, por exemplo, o de que comunista é como mulher, gosta de apanhar e provoca para ter este gozo — ih, falei demais e ofendi por aí, sei que é exagero o que disse mas é que na polícia essas coisas são ditas em tom de piada que tem algum fundamento, mas aqui não é o lugar de discutir isso, nem de fazer piada, fico devendo e vou em frente sem mais essa. Os integralistas também entraram no couro duro, mas também, vamos lá, os caras quiseram tomar o Palácio à bala e matar o presidente. Bem, voltando, o caso é que assim, na velha amizade, eu pude saber, pelo Álvaro, muita coisa sobre o Professor Edgard Monteiro, muita coisa que explicava a boa vontade dos terroristas que devolveram o carro dele. Coincidência, maravilhosa coincidência, vim depois a saber muito mais por intermédio da sua mulher Cristina, interessante mulher Cristina, gostosíssima mulher, bota aí superlativo de mulher bonita e gostosa, que ingenuamente, e até com simpatia, contava coisas da vida do marido, por gosto de falar, puro gosto feminino de falar.

E resolvi escrever esta pequena novela em torno dos dois, sob a forma de uma carta, para fugir do estilo mais corriqueiro de narrativa. Uma carta escrita, de início, como se fosse dela para ele, depois como se fosse dele mesmo, falando sobre a vida dos dois, para só ao final revelar a verdadeira autoria, do advogado, delegado de polícia, escritor, pesquisador e estudioso, talvez cientista (como queria meu pai) da alma humana, Francis Borba Ribeiro.

Começo falando dela, em homenagem à mulher. Admiro a mulher mais que tudo no mundo, mesmo a mulher feia e comum, sem atrativos, por vezes até repelente, mas que tem a franqueza de acabar mostrando tudo, sua mesquinhez, seu pecado de inveja e de raiva do mundo, até sua xoxota franca, sem os subterfúgios do homem, mais covarde por natureza, embora por vezes bravo por neurose, por psicose, por hormônio em demasia, não por caráter. Amo especialmente a mulher bonita, claro, a delicadeza dela, a lisura da pele dela, o cheiro dela, o modo de ser dela, sua paixão de se entregar, de ser possuída pelo homem meio que brutalmente.

Assim era Cristina, belíssima mulher, tipo assim de portuguesa chique, de pele alva e cabelos pretos, fartos, ligeiramente ondeados, carnes na justa medida, mulher apetitosa, ao tato, ao cheiro e ao paladar. Tudo isso à mostra na primeira vista, junto com a vibração do corpo inteiro, feminino, fremente ao olhar sequioso do homem. Ao final do nosso primeiro encontro, que foi na delegacia da Gávea, ela já quase não conseguia mais falar, de tão convulsionada que estava, querendo fugir para que eu corresse atrás e a dominasse fisicamente. Calculei o tempo de ela chegar em casa e liguei. Foi ela mesma que atendeu prontamente, como se estivesse à espera, ao lado do telefone. Falei muito pouco, por desnecessidade, ela estava pronta, marcamos o encontro para o dia seguinte.

Cristina foi a mulher mais gostosa entre as muitas que eu conheci na cama.

Eu tenho ainda uma lembrança muito nítida dela hoje, tanto tempo depois, absolutamente inesquecível, esta expressão me lembra um filme famoso, exibido quando eu era menino — *Rebeca, a mulher inesquecível*. Cristina era assim; única. Encontrávamo-nos duas vezes por semana, por insistência dela, ela tinha uma liberdade que eu não tinha, eu não podia sair antes das seis, era um trato, ou um pouquinho antes, cinco e meia, às vezes ficava retido por uma ocorrência importante, eu ligava quando saía, ela tinha carro, ia até a entrada das Canoas e passava para o meu, tínhamos de ir à Barra, era longe, não havia tantos motéis espalhados como hoje, e ficávamos até oito horas, às vezes mais, eu preocupado com ela, que devia chegar em casa lá pelas nove, não sei que jeito dava, o marido não desconfiava, ou melhor, hoje tenho certeza de que ele mais que desconfiava, ele sabia e gostava, conheço o tipo, depois falo. Pois ela frequentemente gozava três vezes nesse intervalo! Eu procurava economizar forças e às vezes fingia que gozava para conseguir ter tesão novamente dali a vinte minutos. O motel preferido dela tinha pequenas piscinas mornas no quarto. Eu ficava meio cabreiro, desconfiado dos usuários anteriores, mas ela não, ficava ansiosa, queria porque queria cair nua na piscina. E como gozava dentro da água morna! E que mulher bonita ela era, ainda hoje sinto um influxo de ereção só de me lembra.

Inesquecível. Como Rebeca.

Insaciável. Queria experimentar tudo. Um dia ela apareceu com um tubo de vaselina, tirou a roupa, deitou de costas e perguntou se eu não queria. Fiquei pasmo com a audácia, perdi a fala uns quinze segundos, e depois, Meu Deus do céu, não existe no mundo bunda mais redonda, formosa, lisinha e tentadora. E oferecida. Talvez eu tenha sido bruto, é possível, eu fiquei ganindo de tesão, e depois que penetrei, ela gritou pra tirar mas eu não tirei, não parei nem quando ela chorou de dor, ao contrário, aquilo até me excitou mais e eu fui e fui até o fim, até o fundo, agarrando ela firme, gozei como um cavalo, um tempão dentro dela. Depois que eu acabei, ela ficou choramingando de bruços bem uma meia hora, eu tentando consolar com palavras brandas. Até que ela se virou de frente, já excitadíssima, haja homem para preencher aquela mulher. Parece que a dor incita a mulher ao sexo; parece, não, todo delegado sabe que é assim mesmo. Trepamos e ela não parava de gozar, pedindo pelo amor de Deus para eu esperar, sei lá quanto tempo, nunca vi daquilo, incrível aquela mulher. Mas ela nunca mais quis me dar a bundinha, mesmo eu argumentando que só a primeira vez dói. Não teve jeito; nunca mais. Eu também não forcei; não estupro.

Trepamos durante mais de um ano, coisa de um ano e meio, sei porque passamos dois natais juntos. Ela me deu presentes caros: da primeira vez uma camisa de seda e uma gravata, um conjunto importado, uma nota. No ano seguinte, um relógio Baume & Mercier que era uma joia. Eu tive que retribuir, dei uma pulseira de ouro que pesou no bolso. Era assim, não sei o que ela dizia em casa, sei que, quando tive que acabar, fiquei chocado com o desespero dela. Álvaro, num dia que veio ao Rio, me disse que eu estava sendo fotografado e já tinha uma ficha de relacionamento com a mulher de um professor comunista, aquilo podia me prejudicar muito profissionalmente. Isso na melhor das hipóteses, porque se os milicos quisessem um dia ferrar o professor davam um flagrante meu com Cristina na cama, eles sabiam direitinho o nosso roteiro preferido, Álvaro até me disse o nome do motel, prova do que dizia. Álvaro sabia das coisas. E era amigo. Tive que encerrar. Eu já andava mesmo espaçando nossos encontros, saindo de vez em quando com outra mulher, pra não ficar preso demais nela, comecei também a recear, sei lá, o tesão daquela mulher me dava um pouco de medo, não sei por quê, medo de escândalo, estapafurdice, sei lá, o marido de repente ficar macho, proibir, nunca se sabe, e ela perder o juízo. Ela era muito ingênua, não tinha rodagem nenhuma de vida, aquele caso comigo era o primeiro da vida dela, uma coisa impensável antes, aquilo tudo represado anos e anos, aquela caldeira fogosa numa pressão altamente explosiva. Ela e o marido, um casalzinho pueril. Aquilo podia azedar de repente. E o que o Álvaro me disse fazia todo o sentido, era um risco muito grande. Tive de encerrar. Ela entrou em parafuso, eu vi na hora e soube da fossa profunda depois.

E foi que me nasceu então a ideia de escrever sobre o casal. Exemplo de ingenuidade, de vacuidade e, mais que isso, o principal, exemplo claro de injustiça da vida, do destino, isto é, injustiça da sociedade e do governo no reconhecimento e na retribuição do valor de quem tem bagagem, quem produz e acrescenta. Um casal vazio e sem méritos, pelo menos sem nenhuma qualidade importante para a vida, para a construção da vida e melhoria da sociedade, os dois vindos de berços de ouro, ele mais que ela, pelo que soube, era de família muito rica, duzentos e cinquenta anos sentados em cima de ouro de Minas Gerais, mamando, mamando, pai, avô, bisavô etc. enchendo a conta da família, e o Professor só gastando. Ele e a mulher, Cristina, que também era de pais ricos de Pernambuco, gente de usina de açúcar, mas parece que meio arruinados, enfim, casal completamente improdutivo, exemplo de vida baldia, todo mundo sabe que professor é o cara que não sabe fazer nada — quem sabe faz, quem não sabe ensina, vai ser professor. Ele fala bem, parece um cara brilhante quando fala, muito inteligente pra falar, só pra falar, é o verniz lustroso na superfície, no fundo é que aparece a babaquice.

Cristina deve ter se casado com ele iludida pela fala fácil, e só depois viu que se tratava de um bunda-mole, era tarde, ela com aquele fogo todo, gostosa da cabeça aos pés, e ele não querendo nada, homem de carnes moles, não propriamente gordo mas mole, de caráter mole, caráter adiposo, só querendo se divertir com as alunas, mocinhas querendo dar logo a primeira vez, dar para um homem delicado que não machucasse a tabaquinha tenra, intelectual, que falasse meio como mulher, ele era isso, o professor, um cara de jeito aviadado, cariz de viado, ele todo, o professor Edgard Monteiro, comunistazinho, que nem sabia o que era comunismo, só queria ver ele numa revolução, numa guerra, debaixo do fogo, ou debaixo de um regime duro, comunista de verdade, stalinista, queria ver o babaca. Queria ver e me divertir, tirar meu sarrozinho.

Falava bem e sobretudo gostava de falar. Gostava de ser ouvido e achava que sempre era escutado. Ainda deve ser assim o poltrão. Na polícia a gente vê como tem pessoas que falam compulsivamente, quando começam não param de falar, principalmente quando estão com medo, e na delegacia quase sempre estão com medo, desviam do assunto sobre o qual estão falando, contam casos enormes, paralelos, chatos, fazem comentários, abrem portas para outros casos e comentários, falador é assim, em qualquer situação, vão emendando um assunto no outro sem perceber que o interlocutor não quer nada com aquilo. Na maioria das vezes é uma mulher que fala, as mulheres realmente falam mais por natureza, qualquer delegado sabe, a mulher fala demais e o homem que a escuta tem que escutar porque está querendo comê-la, tem de ser gentil, pelo menos até conseguir comer. Cristina, nos nossos encontros, nos intervalos, falava muito, às vezes demais, muitas vezes realmente falava demais, sobre o marido, adorava falar sobre ele, sutilmente ressaltar a educação, a finura, a cultura dele, e a fraqueza na cama, não, não dizia assim abertamente, dizia nos entretantos que falava, como falava, com a boca e com as mãos, eu ficava só olhando, querendo ouvir ela falar com a boceta, que era a coisa mais linda. Mas o caso do Professor era diferente, era doença psíquica, verborragia narcisista, nos homens essa coisa costuma ser mais grave, era capaz de se esquecer de comer, de beber, de dormir, para ouvir sua própria verborragia, bonita e vazia, mas realmente encantadora, as menininhas adoravam, suas calcinhas se umedeciam.

Falava bem e ganhava bem, porque além de professor era economista do Banco do Brasil, essa outra mina de ouro do Brasil moderno. Não fazia porra nenhuma lá, ficava encostado, lendo novidades em revistas estrangeiras para ter o que dizer, impressionar as meninas nas aulas que dava três vezes por semana, de sete às nove na faculdade de Economia. Um babaca desses devia ganhar mais que o dobro do salário de um policial em fim de carreira, que tinha levado a vida enfrentando risco todo dia, vivo, rápido, inteligente, e macho pra cacete, risco de vida de verdade, de si mesmo e de sua família, eu que sei, para defender as pessoas, a sociedade, as famílias, para fazer valer a lei e a segurança. Que puta injustiça!

Na verdade, veio a ideia naquela época, quando tive que acabar com Cristina, mas eu só comecei a escrever mesmo vários anos depois, quando fiquei numa puta geladeira e tive tempo para rememorar, reler anotações que fazia e meditar. Mas fui acompanhando a vida dos dois o tempo todo, como um paradigma de injustiça, de inversão de valores. E fazendo minhas frases para mais tarde. Um cara com uma mulher daquelas em casa, a paquerar menininhas na sala de aula, com certeza para tocar punheta pensando nelas, não tinha a menor noção do que é verdadeiramente bom, do que vale nessa vida. Ela até que tinha, Cristina, e muito, porque gostava de uma trepada como muito poucas mulheres gostam. Eu sabia.

E ela chegou a sair de casa uma vez por causa disso, Cristina, bem antes de me conhecer, botando fogo pelas ventas. Não me contou, diretamente, mas me contou entre muitas linhas, aos pedaços entre o vai e o vem, e eu inferi o todo porque conheço as pessoas. Mulher fala muito e, mesmo que não diga tudo, diz o bastante para você compor a história. E o caso é que acordou no meio da noite e viu claramente que ele estava tocando uma punheta. Não estava dormindo e tendo um sonho, e tendo uma polução, como alegava, não, estava bem acordado e conscientemente se masturbando, pensando em alguma menininha, ela viu perfeitamente, e ainda quis participar, quis que ele fizesse nela, quis gozar também, e ele tentou, bastante perturbado mas tentou, só que não conseguiu, brochou. E ela explodiu em fúria, com toda razão, pulou da cama e disse que não aceitava mais aquilo, aquela humilhação, que ia sair de casa, e saiu, no meio da noite mesmo, fez a mala, falou no telefone e foi para a casa dos pais, um vexame para ele. Ele deve ter ficado estatelado e mudo, ele, o discursador, sem saber o que dizer nem pensar. Mas a soberba do homem era muito grande e ele não se deu por achado, não cogitou de desculpar-se, assumiu a fraqueza por inteiro e esperou, fundado nas suas qualidades de charme, de inteligência, de grandeza, de generosidade. Sabia que ela voltava, pela boa companhia que ele era, pelo bom clima que mantinha em casa. E ela acabou voltando depois de um mês, divórcio ainda era um tabu, ele era o marido, afinal, era um homem bom, delicado, civilizado, e nem se importaria se ela tivesse outros, fechava os olhos, era o melhor arranjo, realista, e ela voltou, e tudo continuou no mesmo. Isto é, não: ela resolveu trepar por fora. O que só veio a fazer muito depois. Comigo.

Sei que acabo falando demais em sexo, em coisas do sexo. Mas é que a vida do ser humano é assim, o sexo vem na frente, qualquer delegado sabe disso, por causa de mulher o homem rouba para ter dinheiro, por causa de mulher o homem mata de raiva e de ciúme, é assim, depois que se livrou da fome, da peste, da guerra, depois que se livrou do jugo da religião, o ser humano moderno concentrou seus esforços na satisfação do instinto que é de longe o mais forte, quase tanto quanto o da preservação da vida, que é o da reprodução, o da preservação da espécie, o do sexo, o prazer insubstituível, incomparável, do ato sexual. Cristina sabia muito bem, e era capaz de tudo por uma boa trepada. Que não tinha em casa. Precisava buscar fora. O Professor também buscava fora, porém por babaquice, não sabia da mulher que tinha, e namoriscava as menininhas, de piadinhas e beijinhos, tocava uma punhetinha aqui, outra ali. E ganhava uma nota pra não fazer nada no Banco do Brasil, puta que pariu. Revoltante. Injustiça. Gritante.

Injustiça, aliás, é o que não falta nessa vida, principalmente aqui neste país. Gente que não faz porra nenhuma atrapalhando quem trabalha e produz. Eu vendi um apartamento que tinha na Tijuca, grande, bom apartamento, na rua Santa Amália, tinha comprado há anos, sei lá quando, só que não tinha declarado no imposto de renda. Não acho muito justa essa declaração. Vendi bem e com o dinheiro comprei ações da Vale e da Petrobras, bom investimento, são as melhores ações da bolsa, só que hoje não há mais ações ao portador, tudo é nominal, tem que ser declarado, e a Receita Federal empombou, quis saber a origem do dinheiro, olha só a merda. Se eu tivesse aplicado num fundo na Suíça, ninguém ia ficar sabendo e ninguém ia ter nada que ver com isso. Como comprei ações brasileiras, de empresas brasileiras, olha só a merda, queriam saber a origem do dinheiro, como se eu o tivesse roubado. E depois se fala em direito de privacidade, em liberdade disso e daquilo, mas vive-se exigindo declarações, explicações, confissões, o caralho. Tive que pagar um advogado, outra raça de parasitas, que ganha fortunas para defender bandido bacana. Paguei uma nota, e fui apresentar minha defesa, feita por ele, bem-feita aliás. Fui na agência da Receita do Centro, saí do escritório do advogado e fui direto, ali no antigo Ministério da Fazenda. Só que não, não podia, tinha de apresentar na Receita de Ipanema, na rua Barão da Torre, só lá, porque era a jurisdição da minha residência, só lá receberiam, puta que pariu, coisa sem nenhum sentido, na era do computador, vadiagem pura, preguiça, pouca vergonha de funcionário que não quer nada, que ganha o dinheiro da gente que trabalha para criar dificuldade. Com certeza queriam que eu oferecesse uma nota. Porra nenhuma. Levei o papel na Receita de Ipanema, de mim não vão levar bola.

Bem, foi só um parêntese; continuo com o que me interessa: eu acompanhava a vida deles, pretendia escrever um dia sobre o casal, e ademais tinha vontade de procurar outra vez Cristina, passado o tempo, com certeza ela viria, mas a advertência do Álvaro ainda pesou, ou foi pretexto para mim mesmo, com medo de ter perdido o tesão por ela, certamente envelhecida, e fiquei só de longe observando. E afinal não fui prejudicado pelo caso com ela, isto é, acho que não. Melhor, tenho certeza de que a razão foi outra, foi o filho da puta do Aurélio que fez a fofoca com a mulher do governador, dizem até que tinha um caso com ela. Outra bem gostosa, por sinal, e que também gostava de dar, diziam que dava para um bombeiro. Desde o caso do Cara de Cão, Aurélio, que era vice no departamento na época, tomou as dores do chefe e virou meu inimigo. E eu não sujei o trabalho deles, nem tive nenhuma intenção, só fui mais rápido e sagaz, e rapidez na polícia é fator, é trunfo decisivo, sagacidade idem, ele sabe, e ficou bronqueado.

Ficou bronqueado e guardou qualquer rancor, esperou a hora, anos, esperou pra poder pisar pesado, saiu no jornal o caso de uma operação da Federal sobre contrabando, e meu nome no meio, de graça, não sei quem botou, com certeza ele mesmo. O fato é que eu fui catapultado do departamento, e o

Cunha, cupincha dele, do Aurélio, assumiu o meu lugar, eu fui para a geladeira, me puseram para coordenar uma comissão de planejamento estratégico, coordenando escanteados pra não fazer porra nenhuma. Isso já tinha acontecido antes. Isto é, não assim; da segunda vez foi muito pior e eu quis saber por quê. Razões, vamos lá, eu queria saber. A coisa do jornal era fajuta, eles sabiam, meu nome saiu no jornal mas não estava no inquérito da Federal. Era outra porra. Era por tirar a minha parte no bolo dos transacionados? Primeiro, quem provou? Que história é essa de dar ouvido a fofoca? Onde a responsabilidade? Segundo: quem não tirava? Quem disse que eu tirava demais, que estava abusando, beirando o escândalo? Puro jogo de inveja e de luta pelo poder. E de rancor antigo, requentado, requentado. Mas não deu nada, conheço o esquema da polícia, o bom cabrito não berra, fui para a geladeira como já tinha ido antes, só que agora era muito mais fria e o meu corpo muito mais velho. Esperar a hora da volta por cima, certo, eu tinha esperado da primeira vez, encostado naquela delegacia da Gávea mas agora a espera era muito mais fria e cortante. O que me valia eram as horas que tinha com Ana Paula, a neta, mais longas e gratificantes do que as que tivera outrora com Rebeca, a filha que recuperei depois de oito anos, um tesouro. E foi aí que comecei a escrever. Peguei minhas notas colecionadas e comecei. E fui gostando cada vez mais. Mas aí veio também o convite para escrever sobre polícia n'*O Dia*, uma boa, uma vez por semana, uns seis meses, interessante, muita carta de leitor, interessante mesmo, depois veio a pressão de cima e me tiraram. E eu tinha perdido o pique da história sobre o casal, ficou meio no vai-não-vai. Só depois de aposentado a retomei pra valer.

Conheço gente ruim e gente boa, tenho vivido e observado, com poderes de entrar na intimidade e perscrutar o caráter. Na polícia todo mundo fala, por bem ou por mal fala tudo, e você vai conhecendo a alma das pessoas. Gente ruim e gente boa de natureza, sem essa de dizer que são as condições de vida, não senhor, o bom e o ruim estão na pessoa, vem da barriga da mãe, não sei se do esperma do pai, o fato é que a pessoa já nasce para ser o que é, já nasce com o caráter que terá a vida toda, ameaça nem castigo nenhum muda. Mentiroso, medroso, ladrão, cagão, filho da puta, tudo já nasce feito. Oh, dava um arrepio de gozo girar o magneto num cara assim, sacana nato, ver ele estremecer e revirar os olhos com o choque, aquela inspiração rápida que é quase um soluço, e o cara ali preso, amarrado firme, tendo que aguentar. Lembro de um personagem cômico de televisão, um detetive que dizia "guenta" para o bandido, com um sorriso de prazer, ironia e raiva ao mesmo tempo, bom ator. O magneto era um gozo, era um vício também, reconheço, de vez em quando tinha de fabricar um bom suspeito só para usar o magneto, ver a cara do choque, todo delegado acaba meio viciado naquela maquininha, gozando com a reação do bandido, alguns acabavam chorando feito criança, e aí dava uma raiva maior, dava vontade de acabar com o cara de uma vez, no choque, dava um impulso de virar e virar a manivela até o cara desmaiar. Vício de delegado. Todos. Se não for muito estúpido, e nunca é, porque se for não chega a delegado, se não for burro, aprende a ler as pessoas e a ter essas reações. Aprende a ler, os bons e os maus, os tipos. E tem também a gente nada. Que não é boa nem ruim, é nada. Cristina é gente boa, capaz de um desatino, sim, mas por sentimento, por amor, por tesão, uma pessoa de instinto vital muito forte e bom. O professor é gente nada, nem ruim nem bom, vazio, nada, sem caráter, conheço.

Por exemplo, se a filha Lena morresse num acidente, o sofrimento de Cristina seria irrecuperável, algo como o fim da sua própria vida, sem consolo absolutamente nenhum, o desespero mesmo, fico até arrepiado de pensar. Para o Professor, seria uma trombada, sim, claro, mas que teria cura uns poucos meses depois, a vida continuaria para ele igual, só a lembrança, a saudadezinha de vez em quando, entre as aulas empoladas, as menininhas e as punhetinhas.

Gente nada existe, e muita, espalhada por aí, é a que mais existe. Como o nosso Professor. Gente que passa pela vida mas não vive, passa em branca nuvem, tem um poema assim. Gente bem comportadinha, que não dá trabalho nenhum à polícia, por essas pessoas nem precisaria haver polícia. Mas são pessoas que nunca sentiram o gosto real da vida, o gosto saboroso da maçã que Adão mordeu por incitação de Eva. Que é a verdadeira graça. Eva é a graça da vida. Não vou fazer filosofia, detesto filosofia, vivi o bastante, lutei o bastante, subi o bastante para saber o que é bom e o que não é. Bom é trepar, bom é sexo, bom é mulher, e dinheiro para poder fruir essas coisas com largueza e conforto. Isso é que é bom, o resto é perfumaria. Claro que um certo perfume também é bom, não se vai rejeitar, mas passa-se muito bem sem ele. Agora, sem o cheiro de boceta de mulher nenhum homem passa, é isso aí, eu que sei.

A delegacia de polícia é o grande observatório do ser humano. Todo psicólogo que se preza, aliás todo filósofo que quer pensar a natureza humana como ela é, na prática, não na teoria, e todo político, claro, deveriam todos passar um tempo numa delegacia, fazer um estágio observando a vida do homem, a tipologia do homem, os caracteres deste ser complexo, polimorfo, o medo, o ódio, a paixão, o ciúme, a ganância, a cobiça, a vaidade, os apetites. Por exemplo, o balanço entre prazer e dor, que é fundamental para a formação da qualidade de vida do ser humano, para a felicidade humana enfim, este balanço varia tremendamente de homem para homem, de mulher para mulher. Há pessoas que sentem muito profundamente os prazeres da vida. Cristina, por exemplo, é uma mulher que sente quase desvairadamente o prazer do sexo, assim como sente também os prazeres da comida e da bebida, ela falava muito disso, com água na boca, o prazer de respirar um ar puro, como ela inspirava, com que gosto, o prazer de entrar numa piscina de água morna e sentir a carícia da tepidez na pele, essas coisas dos sentidos, enquanto há outros, homens e mulheres, apáticos, mais ou menos apáticos aos sentidos, sem reação vital importante diante desses prazeres, até mesmo os do sexo. Pessoas, por exemplo, que só se importam com o preenchimento da vaidade, gozam com isso e desprezam as sensações físicas. A vaidade, aliás, é um dos gigantes da alma humana; é capaz de mover esforços incríveis, é capaz de levar uma pessoa à loucura. Como há também a loucura do dinheiro, todo mundo sabe, caras que só ficam contando dinheiro, armazenando dinheiro, adorando dinheiro, judeus malucos. E do lado das dores? Meu Deus do céu, que diferenças, ·há homens que começam a tremer descontroladamente só de levar um tranco de um policial. Um choquezinho de nada, uma virada simples no magneto e eles desmaiam, dão um chilique, feito mulher, feito criança. Há outros que aguentam um cacete firme, afogamento, pau de arara, choque vivo e não se dobram. As mulheres parece que aguentam melhor a dor, não posso afirmar porque nunca constatei, na delegacia não se vai além de um cascudo quando é mulher, é uma espécie de dogma civilizado. O pessoal de farda é que fez miséria com as terroristas, começava logo tirando a roupa e enfiando no cu, puta que pariu! Nós da polícia, não. Mas sei que é enorme a variação de sensibilidade a prazer e dor físicos, são coisas realmente muito relativas entre os humanos. Assim como os sentidos psicológicos, há os que exultam quando constroem, quando fazem uma coisa sua, importante, e não podem viver sem este prazer, o do empreendimento, e há os que passam a vida inteira sem fazer porra nenhuma, só dando aula, por exemplo, e nem reparam, nem desconfiam que são do nada.

A elite brasileira está cheia dessa gente nada, e este é um peso morto que a outra parte, a gente que faz, que trabalha, que constrói, tem de carregar. São funcionários públicos, concursados, sim, eles é que sabem as coisas que servem para passar em concursos, são professores, ditos intelectuais. E os ricos de renda também, que aparecem nas colunas sociais, parasitas também, só sabem farejar negócio que dá dinheiro. O cara que está sempre nas colunas, nos jantares, nas festas, claro que não trabalha, dorme o dia inteiro e não tem tempo para trabalhar; sua ocupação é procurar negócios para intermediar, ganhar muito dinheiro sem fazer nada. Há muitos desses parasitas nos meios empresariais, caras que são diretores de entidades representativas das "classes produtoras", e que não produzem porra nenhuma, mas ganham sua nota preta. E estão sempre nos jornais, e mais, estão sempre cheios de mulher. É a vida. Injusta como ela é. Qualquer delegado sabe disso.

Mas porra! Dá raiva. Tanta injustiça neste país! Em Portugal não é assim. Lá existe uma cultura do trabalho, meu pai me passou isso muito bem. Se o cara tem algum conhecimento profissional, vai fazer, vai exercê-lo. Se não tem, vai ser carregador, vai puxar um burro sem rabo e ganhar seu dinheirinho honesto, não impera a filosofia da sacanagem — os sacanas caem na mão da polícia e levam cacete. Polícia lá desce o cacete. Polícia é pra isso, pra dar correção. Falaram muita coisa da PIDE, a polícia do Salazar, mas o fato é que em Portugal não teve baderna, não teve comunista, terrorismo nem pensar. Hoje Portugal tem saudade de Salazar, um homem íntegro e austero, tinha autoridade porque era um homem de uma seriedade a toda prova, nem mulher desviava ele do sério. O mundo passou por verdadeiros cataclismos no seu tempo e Portugal era uma ilha de tranquilidade e estabilidade.

O Brasil tem muito o que aprender. Principalmente os brasileiros dessa elite parasita e cheia da grana, da qual o Professor Edgard Monteiro é um exemplo bem típico. Por isso resolvi escrever sobre ele. Não tanto sobre a mulher dele, que é parasita também mas tem uma função importante no mundo, ser viva, bonita e gostosa, ser enfeite e deleite do mundo, mulher é para isso, não precisa trabalhar, não precisa produzir nada além dos frutos que saem do seu ventre. Saem pela vagina. A vagina da mulher é o lúbrico portal do paraíso, é também o canal da fecundação do ser, e é ainda a desembocadura que alimenta o grande mar da humanidade. Gente boa, gente porcaria, todos saem dali. A vagina da mulher é o grande bem-querer do homem, é o portal mais profundo da felicidade.

A felicidade é, não carece de nenhuma sofisticação filosófica essa definição. Felicidade é saúde e mulher, nem precisa muito dinheiro, qualquer homem simples do povo sabe disso e pode ser feliz. Dinheiro só o bastante para ter certo conforto e comprar mulher se necessário. Além de saúde e mulher, também um certo estofo de ego, sim, claro, quando se vê uma coisa feita pela gente, uma coisa que precisava ser feita, até mesmo uma coisa não muito bonita, matar um bom filho da puta, por exemplo, uma coisa que devia ser feita, que era necessária, que ninguém queria fazer e que se acaba de fazer, com as próprias mãos, essa sensação do dever cumprido é felicidade. Além do gozo quase físico do momento, o cara ali na sua frente, em pânico, esgazeado, sabendo, e você executar, puxar o gatilho com a sensação de gozo, oh, é um instante de felicidade. Ou então, aquele estofo ainda mais alto, quando se atinge um patamar de conquista e se olha lá de cima, é bom, dá um gozo diferente, mais largo e duradouro. Eu senti isso algumas vezes. Mais que todas, depois do Cara de Cão. Tive de torrar dois sombras dele sozinho, pra ter sossego, enfrentei sozinho, ninguém quis me escoltar, isto é, eu nem pedi, não seria legal, eu tinha feito tudo sozinho até ali, mais rápido do que os outros, e num sigilo danado, não seria legal depois pedir ajuda, fui só, enfrentei e saí bem estofado de ego, num patamar lá em cima. Foi bom, eu não me esqueço. E durou muito tempo aquela sensação de largueza, de serenidade, de conforto até. Muito bom. Sem perder a simplicidade, principalmente com os colegas. É importante ser simples, até um pouco magnânimo. Verdadeiro na simplicidade.

    Simplicidade está na fórmula da felicidade, tenho certeza. Não é qualquer um que sabe disso, é preciso ter certo preparo de leitura e certa experiência amadurecida de vida, filosofia prática, da que se aprende numa delegacia de polícia, por exemplo. É preciso antes de tudo ser interiormente simples, genuinamente simples, gostar de um feijão com arroz bem-feito, esta é uma das graças da felicidade. As complicações do ser humano, o querer ser bacana, ricaço, mandão, melhor do que os outros, o enrolar-se em si mesmo nessa luta incessante e inglória, tudo isso são doenças da mente, são desventuras, infelicidades certas.

Dinheiro, obviamente, é importante, eu já disse, nos limites, ninguém simples vai negar, mas é importante como meio, não como fim, e como meio não precisa ser muito, dinheiro como fim é procura sem fim, é neurose, coisa de judeu. Dinheiro é meio de se obter bom abrigo, hígido, comida boa e saudável, pagar bons serviços, ter certa segurança de futuro e, sobretudo, comprar boas mulheres; aí, sim, se pode gastar um pouco mais. Vestir bem, por exemplo, também é meio, embora para muitos seja fim, os vaidosos, efeminados, eu gosto de um terno bem talhado, feito em alfaiate, coisa cada vez mais rara e cara, de pano de qualidade, meu pai conhecia pano, todo português, em geral, conhece fazenda boa e ruim, ele também gostava de um terno bem cortado, feito de pano bom, gosto sim de um terno assim porque impressiona as mulheres, é meio, não é fim, como um sapato bem-feito, sob medida, bem engraxado, enfim, uma bela gravata, meios para impressionar e atrair mulheres. O maior prazer da vida é o orgasmo. Felicidade é isso, eu acredito num Deus que nunca vi mas nos criou a todos, e criou todos com essa ideia de felicidade, logo é esta também a vontade d'Ele, Deus. Há que respeitá-la.

II

Os Fatos

E eu sou o autor, finalmente, agora, o verdadeiro, meu pseudônimo está na capa. Quem é esse cara, que eu inventei, policial escroto, quem é esse cara para falar de felicidade, um tema insondável, tão apurado pelos grandes pensadores? Deixei todo mundo falar, falei por eles, gosto de ouvir, levei minha vida escutando, e agora, sim, vou dizer, agora o livro vai começar, vou dizer por escrito porque não sei falar.

Entre parênteses: eu sempre quis, sempre, saber falar, falar claro e sonoro como os atores no palco, os tribunos no Senado, como os poetas que oram, que declamam, como os aedos da Grécia — Homero era cego, não podia escrever. Eu sempre quis falar e fazer emoção nos outros e nunca dominei esta forma de expressão. Sei que o falar é a essência do ser do homem; falar é ser humano, falar muito é ser mais humano, falar bem é ser super-humano. Daí minha tristeza, daí meu esforço para escrever, alinhar palavras que deveriam ser ditas, se eu pudesse. Então escrevo, com certa mágoa, denotando-a, inconformado, como subterfúgio.

Não tenho nada a ver com o casal, pura invenção; talvez algo no fim com o policial, vocês verão. Mas gosto de inventar pessoas, de fantasiar com elas e de escrever, é o meu gosto, por não falar, fui aprendendo a desenhar com letras no papel figuras que vivem e cantam. Devo escrever, e findo sempre escrevendo sobre o Rio, que é o meu meio de cultura e a minha devoção. Escrevo neste princípio de milênio, aqui no Rio, milenarista que fui.

Fui político do Rio, morei em Brasília e não destrato esta nova capital de belos traços arrojados e admirados, que sugou dinheiro e poder do Rio. Ao contrário, exalto-a pela beleza do feito em geral, que levou os brasileiros, desafiados, a possuírem de fato o seu gigantesco território. Morei em Brasília nos seus primeiros tempos, tudo por fazer, era interessante o desafio, mas sempre de pé no Rio, olhando sua gente, respirando seu ar ensolarado, todo colorido, e principalmente compartilhando sua filosofia, que é a sua marca mais forte.

O Rio é sua zona sul?

Boa pergunta. Acho que é, essencialmente, filosoficamente, incluindo sua parte leste que é Niterói, que é sul também.

Por quê?

Porque é o mar: o Rio é porto, sempre foi portal, é entreposto, é intercâmbio pelo mar. Pelo mar saiu o ouro, pelo mar chegou a África. O mar é o mais antigo caminho do mundo, e o Rio é cidade aberta para o mundo. Tudo a ver. Na orla do mar está a brancura da praia, que é de todos. A zona norte é *hinterland*, é muito importante, produz vida, raízes, música, mulheres para o porto, mas o Rio acontece na orla, onde estão seus nervos iluminados, iodados pelo benfazejo sal marinho.

Claro que eu gostaria de escrever também sobre o *hinterland*, porque o prezo, e muito, porque nele sempre tive mais votos, amizades antigas e densas, muitas, gostaria realmente de escrever sobre a história de um outro casal, só por exemplo, de Realengo, ou de Caxias, até conheço alguns, bons, do povo, casais sólidos e fraternos, afetuosos, verdadeiros. Aquela vontade de escrever sobre a história da Baixada é coisa minha, meu pai trabalhou de engenheiro naquela obra grandiosa de saneamento feita por Getúlio Vargas, e eu vi crescer aquelas cidades, fiz campanhas memoráveis, ganhei eleições importantes em Caxias e Nova Iguaçu. Como também em Bangu e Santa Cruz. Acho até que conheço mais gente lá do que em Ipanema e no Leblon. E gosto mais de conversar com eles do que com essa burguesia presunçosa que, hoje, desde jovem pensa em inglês. Lá as pessoas falam muito de televisão também, mas falam dos programas e dos personagens, e não de polegadas de tela plana nem de plasma, sei lá o que é isso, de imagem digital, sinal disso, sinal daquilo, UHF, e de celular que tira foto e manda e-mail. Fico enfarado.

Então, sim, eu teria gosto de escrever sobre outro casal, daquele outro Rio, ela bibliotecária, ele um antigo trabalhador da construção civil que viveu muita política e hoje é muito amigo de livros, é um desses nordestinos que buscaram no Rio a felicidade, e a encontraram, na sua filosofia. Mas seria outra escritura, essa, em outra pauta, o tema poderia ser a felicidade, coisa que muito me interessa, perscruto, mas não sou arrogante. Não seria especificamente sobre o Rio, talvez sobre outra cidade do mundo, misturada como nós de alguma coisa africana, talvez muçulmana também. Não o nosso Rio.

Você dá sentido às coisas que escreve quando inventa ou comenta sobre pessoas, seus feitos, seus jeitos, referidos à geografia onde atuam. Escrever sobre o Rio é falar da gente do Rio, já fiz outras vezes, e agora, mais uma, e então coloquei este casal que aparece aqui em relevo, da zona sul, na vida desta zona sul que é o destaque do Rio; e mais o delegado da Gávea como contraponto. E misturei, como se faz em literatura, seus humanismos e conexões, canalhices, episódios de vida, o casal falando da Cidade sem a envernizada vulgaridade burguesa, e o contraponto policial, meio de fora, arrepiando sentidos que o casal não conhecia. Alguma referência à Barra antiga, clandestina, que hoje é outra cidade, arejada, pretensiosa, bem podia se ter separado, mas convive com o Rio. E fala inglês, quase outro país. E ponho a falar, o casal, no feitio de confissões, coisas que só se dizem nos anos finais de cada um, coisas vividas e sentidas que ficaram impressas no fundo do tempo, o estofo da vida, das pessoas e da própria Cidade. E a forma mais adequada às confissões é a carta, livre da presença direta, do olhar frontal que constrange. Hoje só se escreve uma carta para revelar intimidades, que no fio do telefone não cabem, na internet ficam ridículas, e na cara muitas vezes não dá, os olhos do outro embarreiram. Por isso, a carta. E aí está, não podia ser o trabalhador, um trabalhador de verdade, por mais lido, não escreve uma carta, as mãos têm calos e os dedos são rijos. Então, por isso, por aquilo, são da zona sul os nossos personagens. Hoje não sei se ainda escreveriam cartas; pode ser que escrevessem mensagens pela internet, torpedos. Mas não,

não creio, e-mails são para mandar recados, avisos, pequenos comentários, artigos, não cartas extensas, ou contos revelando sentimentos. Tanto é assim que não existe uma literatura escrita em forma de e-mails. E a literatura de cartas é imensa; e ainda hoje, quando cartas não existem mais, se escreve muita literatura em forma de carta. É própria, adequada às confissões íntimas, como disse.

Bem, mas por que escrever texto, hoje, em plena era da imagem e da mensagem? Outra questão preliminar. Vou me afundando em preliminares, consciente de que pode ficar chato, mas acho necessário.

Outrora, a literatura era um meio importante de entretenimento, os escritores buscavam, com seus livros, mobilizar a atenção dos leitores pelo interesse na trama, nas circunstâncias, na crônica. Hoje, o entretenimento é completamente audiovisual. E definitivamente. Restaram nichos, dizem, uma boa história ainda prende e interessa, tanto que vende, sobraram alguns tempos disponíveis, no ônibus, no trem, no avião. Certo. Mas sem grandeza nesse mister de entreter, sem um centímetro da nomeada do escritor do dezenove até a primeira metade do vinte. Melhor, mais honesto, seria dizer: sou escritor, devo escrever, mas tenho de fazê-lo por meu próprio desígnio, dizer para meu deleite seria um pouco pedante, mas para minha memória, para meu resguardo, e da minha família, filhos e netos, no máximo, mais alguns amigos muito chegados, nunca para outros em geral. Hoje há edições eletrônicas com tiragens de cem, duzentos exemplares, só para a família e os amigos. Ou talvez para alguns outros em momentos futuros, como informação dos usos e entendimentos de um tempo que foi o do escritor. O ser humano é tempo.

Busco razões, escavo escreve-se, ainda, não mais para entreter e, ademais de informar, escreve-se para suscitar sentimentos nessa linha da comunicação essencialmente humana, expressão artística quase unilateral, necessidade humana, na linha da poesia, da literatura como arte de escrever, arte poética feita de palavras no papel, expressão capaz de despertar e mover emoções que são próprias desta forma de arte, emoções que se enovelam com pensamentos, com pessoas, com saberes e memórias.

Escreve-se também para informar, eu disse acima, uma segunda e forte razão, mas aí já é outra coisa, quase já não é literatura, é para registrar e passar informações sobre a vida em uma certa época de um certo lugar, pode-se fazer, por exemplo, um romance que seja sobretudo uma crônica da vida no Afeganistão ou no Tibete, hoje até em voga, a era é da informação, o mundo se interessa. Eu até tenho essa mania, de escrever sobre o Rio do meu tempo. Bem, quem sabe, pode ser por aí.

Mas há ainda uma terceira razão para escrever hoje um texto literário e não um roteiro para audiovisual: discutir filosofia em formas mais simplórias que a acadêmica; elaborar pensamentos do povo sobre a vida, suas luzes, suas cores, seus valores. Também. E muito. É um campo onde a literatura tem mais força. Filosofia se constrói com palavras, conceitos. E se você fala sobre uma pessoa você fala sobre a sua filosofia, que todo mundo tem, cada um, necessariamente, mesmo sem ter consciência, porque é da essência do ser humano ter uma filosofia. Claro que o cinema também pode filosofar, e o faz, às vezes muito bem, mas o faz pelas bordas, não pelo centro nem pela frente, porque aí as palavras são necessárias, imprescindíveis, os conceitos, o discurso, não se descortina a vida humana por inteiro, compreendendo as almas, isto é, as filosofias, sem as palavras, sem a literatura.

Quando digo discutir filosofia poderia mesmo dizer fazer filosofia, ou substituir a filosofia, no sentido de que a literatura mostra a riqueza incomensurável do ser humano na sua variedade, no seu crer, no seu pensar e no seu próprio ser. Mostra isso ao próprio homo, ser humano, e ao fazê-lo abre-lhe possibilidades de caminhos sempre novos de entendimento do mundo, da vida e do próprio ser, isto é, enriquece-lhe enormemente a filosofia. Só que, neste mister, compete abertamente com o cinema, o audiovisual, que tem muito mais recursos no exibir variedades do ser sem precisar de palavras, de conceitos expressos em palavras. No discutir, a literatura é imprescindível; no mostrar e suscitar, ela tem importância mas não mais a dominância, que teve no passado.

Então, aí estão os nossos três da Carta, os escolhidos. Para soprar e avivar sentimentos, para dizer sobre o Rio, para discutir coisas do ser com certa filosofia.

Faltou uma, além das três figuras principais já ditas no entrelaçamento. Uma de gestos mansos, desagitada, que nada disse nem escreveu mas que foi relevante pela beleza, foi personagem pelo que inspirou e incitou. Heloísa, bela, terna, cândida, pura, algo morosa no olhar e no falar, pouca tireoide, talvez, não, nada de convocar glândulas e hormônios, era seu jeito de pessoa, delicada, feminina e algo lenta, os olhos azuis emocionantes, Cristina foi vê-la, não resistiu, sabia onde ela morava, na própria Pacheco Leão, mais embaixo, Edgard dava carona, levava-a para a faculdade todo dia, Cristina tocou a campainha e Heloísa mesma abriu, de azul, ao lado uma menininha pequena, tenra e encantadora, Cristina ficou olhando, olhando, sem dizer palavra, Heloísa perguntou, não conhecia Cristina, perguntou o que desejava, Cristina não disse nada, isto é, pediu desculpas, confusa, disse que se havia enganado, e voltou para o elevador, e desceu, e ligou o carro e não conseguiu pensar em mais nada, ficou com a imagem de Heloísa, o vestido azul com a cintura alta, o decote mostrando os seios brancos, cheios, toda ela muito clara e macia, era tão bonita que Edgard ia mesmo se casar com ela, não tinha mais dúvidas, saiu, deixou o carro na Lagoa e começou a andar, só pensando, aquele mundo todo em volta, o ar, a brisa e as montanhas, não significava mais nada, a vida não significava, para sempre, não significava, era o vazio do dia final.

Heloísa não sabia e não soube, Edgard também não soube, Cristina não disse nada, mas Edgard intuiu, insistiu, marcou a hora e levou Cristina no dia seguinte ao Dr. Robalinho, o craque da depressão, era doença, oh, que inspiração.

Heloísa trabalhava na secretaria administrativa da faculdade de Economia, o pai havia conseguido, uns três meses depois que o marido a tinha deixado, aquela mulher tão bonita, com uma filhinha. Precisava do salário e precisava do trabalho como terapia. Quando Edgard a viu, pela primeira vez, os sentidos como se lhe turvaram, não falou, era absolutamente linda, quase incorpórea apesar das formas, não podia deixar de vê-la de então em diante, três vezes por semana, nos seus dias de aula. E o destino armava, ela morava na Pacheco Leão, pro lado do Horto, ele passou a levá-la para a faculdade, mesmo quando não era dia de aula, se não tivesse impedimento. Era amor. Foi inflando, inflamando, lacrimejando.

Três, quatro meses, ela não queria ir para a cama, nem em casa, por causa da filha, nem em hotel, não queria, sentia o amor de Edgard, com certeza, mas não queria ter uma relação assim com um homem casado, não era pudor, era pundonor, brio, ademais não tinha desejo também, não era mulher de pulsos do sexo, nenhuma necessidade, e não queria. Nem ele, na verdade, queria muito, com sofreguidão, como às vezes queria com alguma mocinha mais apetitosa, ele a amava, sentia o impulso do amor, um tornado interior, mas não era uma coisa de resolver na cama ou na masturbação, era preciso mais que corpo no corpo, era preciso tempo de envolvimento e permanência. Sim, ia separar-se, declarou-se, ia deixar sua mulher para se casar com ela, ele também precisava daquele casamento, procuraram apartamento, ela tinha de se mudar dali, por causa da proximidade, ele ia deixar seu apartamento para Cristina, e também porque aquele em que ela estava ficaria pequeno para os dois, ele tinha necessidade de um escritório, imprescindível. Tinham escolhido em Copacabana, numa rua que subia um morro perto da praça Cardeal Arcoverde.

Houve no meio um acidente grave na Rio-São Paulo. Um carro que vinha desgovernou-se, pulou por cima do canteiro central e bateu de frente com outro que ia. Os dois do primeiro carro morreram na hora. No outro, quem dirigia era o pai de Heloísa, que também morreu na hora. Ao lado, a mãe sobreviveu, muito machucada, ficou quase dois meses hospitalizada, as duas pernas fraturadas, uma no fêmur, foi transportada para o São Lucas, e acabou falecendo, de complicação e sofrimento físico e afetivo, quando soube da morte do marido.

Edgard se desdobrou em atenções e carinhos para Heloísa. Parecia uma mulher tão linda e destinada a suportar dor e sofrimento. Sina. Carma. Não acreditava, mas havia. Quanto maior a dor, mais linda ia ficando, uma aura na figura deslumbrante, parecia uma santa iluminada de um pintor renascentista.

E os dias se foram passando um sobre o outro, e o projeto do casamento e do novo apartamento sendo adiado, semana por semana. Como também a decisão de falar com Cristina, abrir o jogo, aquele jogo que ela com certeza já sabia, daí sua tristeza crescente. Naquela noite falaria, ou na seguinte, ou ainda na outra, ia falar quando ela estivesse um pouco menos triste. Era uma espada cortando a alma, dividindo-a de alto a baixo, precisava e não podia, precisava e não conseguia, e foi que o dr. Robalinho telefonou, exatamente aí, e ele foi ao consultório e escutou, e chegou em casa simulando um aborrecimento no trabalho e dizendo a Cristina que precisava tirar umas férias imediatamente, partir para uma viagem. Iriam ao sul, tanto desejavam conhecer a serra gaúcha, a serra e o pampa, e as missões e a fronteira, quase pedia a Cristina e ela concordou. Estava bem, iria, ainda uma vez estava bem. Era a vida retornando, Edgard respirando fundo, entendendo tudo, era a mulher da sua vida, isso existia.

E o consequente sofrimento de Heloísa, mais um, um novo abandono, repúdio. Mais bela foi ficando, cândida, pura, alva, doce, lenta, macia. Continuou trabalhando, na mesma faculdade, nunca mais Edgard a procurou.

Então, sim, eu volto ao nosso trio central. E começo por ela, Cristina, no centro, tão bela e feminina, não só por isso a mais interessante. Na carta eu também comecei por ela, dizendo querido Edgard, adjetivo muito sensitivo mas realmente degradado pelo uso indevido e banalizado. No caso dela, disse e sentia de verdade a banalização, ela tinha esses sensoriais muito aguçados, até nas ligações afetivas do dia a dia. Enjeitava vulgaridades. Aí um traço forte de união com Edgard. Desde menina e de mocinha, buscou um plano de vida de altura mais elevada que a das pessoas comuns, uma vida toda imaginada, numa sucessão de haustos em atmosfera ventosa, animosa, mocinha sonhando romances grandiosos, sem nem conhecer o parceiro, só de fantasia, tendo cruzado com a figura esbelta e a face sombria dele na rua, de terno cinza bem cortado, ou no restaurante; vivendo, ainda neste plano quimérico de menina, caminhadas quilométricas imaginárias, de dias inteiros à busca de um recanto intocado entrevisto numa fotografia de revista, verde e virgem, na mata; e morando meses sozinha numa tenda ou cabana tosca em qualquer lugar vazio e largo do mundo, na África talvez; participando entusiasticamente de um grupo musical incansável, cada dia um mundo novo. Já moça formada, fazia ioga e deixava esses voos antigos alçarem, quase levando o próprio corpo, no chão, na cama ou na poltrona, ou mesmo sentada entre as árvores do Jardim Botânico. Claro que a energia se perdeu com a maturidade, mas essa efígie virtual ficou impressa no seu caráter e era possível senti-la na figura toda de mulher. A transcendência.

Cristina era bem assim como estou dizendo, afinal eu a inventei, vi-a menina ainda, rezando na missa do Colégio Sion, onde aprendeu tudo o que uma menina uniformizada de boa formação devia saber, cantava versos em francês e era bonita e asseada já desde pequena, feições do rosto, a boca ousada e os cabelos vistosos e aquele olhar maior. Tinha uma babá que cuidava dela e da irmã mais velha, e tinha, mais, um irmão gêmeo que também cuidava dela, muito, até demais, olhava ela andando por Laranjeiras, indo à casa da amiga ali por perto, e até sozinhas, as duas, no máximo até o Largo do Machado. Pai e mãe iam à missa aos domingos e ao Teatro Municipal nas récitas de ópera vestidos a rigor; davam jantares de vez em quando e frequentavam outros casais no Flamengo e em Copacabana, uma vez, mais importante, saiu no jornal o jantar deles. Tinham também família no Rio, tios e primos de Cristina, vinham todos de gente do Recife, o avô tendo comprado uma usina em Campos e se estabelecido na capital, mesmo mantendo as terras e a usina de Pernambuco. Tinham um carro com motorista, um Mercury que o pai gostava de dirigir, ele mesmo, aos domingos. Comecei a escrever sobre ela, Cristina, e logo ela ganhou formas de mulher, cresceu, terminou o curso clássico mas não pensou em estudar para fazer carreira profissional, não se usava na época, ela era bela, tinha posição e não precisava.

Na vida jovem não teve sobressaltos, muitas paqueras mas um só namorado, grande e esbelto, figura educada de pele clara, aprovado pelo irmão que o conhecia. O irmão, Alberto, sim, era a complicação maior da vida dela, uma atenção permanente sobre ela, uma coisa doentia, uma coisa esquisita mesmo, queria saber de tudo dela, aonde ia, o que fazia, quem se interessava por ela, o que ela estava pensando, uma chatice verdadeira. Achava o namorado um cara decente, mas tinha ciúme dele, não queria que ela deixasse ele beijá-la, vivia de olho, na boca, não. Bem, contudo, mesmo com a marcação do Alberto, ia se casar com Renato, presumidamente, dali a um ano ou dois, se não tivesse visto e escutado Edgard falando sobre cinema e teatro, as relações entre ambos, e as relações de ambos com a economia e a filosofia, falando e olhando para ela com olhos pretos, brilhantes, umedecidos, num encontro de aniversário na casa de Reinaldo, um amigo comum de Edgard e do Renato, a noite toda olhando para ela, o namorado quis sair cedo e reclamou no caminho de volta, ela tentou minimizar, desfazer, mas o caso é que ela também havia olhado para Edgard a noite toda. Fascínio, evidente, daqueles que empolgam irresistivelmente. E o namoro com Renato começou a esfriar logo ali, ele a beijava, mesmo na boca, e ela não achava mais graça. Edgard conseguiu com Reinaldo saber coisas da vida dela, que nadava no Fluminense, e forjou um encontro casual na porta do clube. Passaram horas da manhã conversando, sozinhos, ele disse coisas enaltecedoras dela de uma forma que ela jamais havia escutado. Ela se apaixonou, ele também, evidentemente, e o porte dele era atraente, não atlético mas de tamanho e consistência atraentes, e o novo namoro se investiu muito forte, eu vi, conheço Edgard desde aquele tempo, observava-o também, como figura interessante de se inventar. Os pais apreciaram, a irmã, Teresa, também, sabiam que o rapaz era rebento de família tradicional, quase nobre, vinda de Minas, o pai no Rio como deputado federal muito respeitado. O irmão, Alberto, sempre muito ligado, meio que desfeito, porque percebia a paixão de Cristina, descaiu numa tristeza disfarçada mas acabou também aceitando, por falta de razão para se opor. Um ano depois se casaram, deu nas revistas.

Um detalhe, importante porque raro naquele tempo, raro no meio em que respiravam, o abrasamento era tanto que fizeram sexo antes do casamento, muito escondidamente, claro, no apartamento dos pais dele num sábado em que os donos da casa se ausentaram com a filha para um fim de semana em Búzios, uma aldeiazinha perto de Cabo Frio onde um casal amigo tinha bela casa. Foi uma trama complexa para evitar a atenção do porteiro, que só se ausentava aos sábados e domingos de uma às duas da tarde para o almoço, e deu tudo certo. Deu certo também o contato de peles e a comunhão das carnes jovens, uma ventura, já que então estavam completamente comprometidos no casamento. Ambos sabiam que ia dar certo e por isso correram o risco. A libido falava de dentro, aquela ordem segura.

Libido, sim, vamos falar dessa força poderosa, Eros, venerado há muito mais de dois mil anos, o grande espírito que está entre o divino e o humano, a força que move o mundo dos homens na busca da felicidade, como é dito pelos que o homenageiam no velho *Banquete* de Platão. Cristina nasceu sob o seu signo, puxou-o para si do sêmen do pai, do óvulo da mãe, do carinho que a cercou, do ar que respirou, da água que bebeu, das vitaminas, dos nutrientes, dos sais que ingeriu, puxou para o seu corpo, sua face, seu olhar, as formas de beleza adequadas, conformes ao seu espírito estigmatizado por ele, Eros, em formato grandioso. Não era um tipo fotográfico ou cinematográfico de beleza, nem isso seria próprio da sua forma de ser. Não venceria concursos que valorizassem medidas estáticas, proporções medidas. Ela simplesmente irradiava, toda ela, olhos, boca, mãos, emitia correntezas de vida erotizada.

Tenho para mim que o Rio, a atmosfera da cidade, os sais da sua terra, propiciam a formação desse tipo de mulher. Quero sustentar essa afirmação que venho alinhavando faz tempo, lendo e anotando observações sobre a cidade, seu clima, sua história, seus tipos humanos desde o século dezoito, no seu início, quando começou realmente a ganhar a sua feição própria de entreposto de riquezas e culturas, quando foi atraindo mais e mais aventureiros e cortesãs, ao tempo em que se foi apinhando de gente africana cheia de viço e sensualidade. A dança, seu ritmo, tem fortes veios de causalidade na formação das mulheres de que falo. As movimentações sincopadas do corpo ao seguir a cadência do batuque — o samba no pé que ainda se vê hoje, meninas e mulheres descalças — produzem uma distribuição mais arredondada da carnação ao longo do corpo das dançarinas; uma proporção de maciez, rijeza e curvosidade das carnes que é específica dessas mulheres. O calor que se desprende da dança roreja a pele de uma fina untuosidade que se revela em brilho nos tons mais escuros e em aveludamento nas cores claras da tez. E a lascívia, bem, quem ainda não viu, não sentiu? Aquilo penetra o ser, infiltra o corpo inteiro e vaza para a alma.

Com o suceder das gerações essas características se foram transmitindo geneticamente, e a mulher do Rio, a mulher concebida aqui, tem uma grande probabilidade de portar nas células essas mensagens formadoras. Pela genética e também pela composição alimentar, os sais que saem da terra e impregnam o feijão, o aipim, a banana, o coco, o abacate, o mamão, a manga, essas frutas quentes. E há também as paredes escurecidas, e o chão das ruas, especialmente no velho centro, imediações do largo do Paço e da rua Direita, praça Tiradentes, Campo de Santana, que ainda encerram as virtudes originárias da Cidade, sua natureza, e exalam vibrações e vapores antigos, coetâneos daquele povo formador dessa hereditariedade do Rio. Eu tenho buscado com muito afinco este sentido e tenho conseguido captar, após horas de permanência e atenção nos sentidos, resquícios dessas exalações naqueles sítios. Felizmente a importância da preservação dessas partes antigas hoje está na consciência pública, e o estrago maior, de longe, é o dos óxidos de carbono que poluem aquela atmosfera secular. Uma praga destruidora. Se eu fosse prefeito proibia a circulação de automóveis e ônibus em todo o centro do Rio. Radical.

Entretanto, as mulheres, não obstante a poluição e a degradação, as mulheres do Rio, que aqui se formaram ao longo das décadas, tendem ainda a conservar aquela consistência distintiva do corpo e aquele arrojo de requebros na alma. Cristina era assim? Era. Tinha os olhos luminosos? Tinha. Tinha o perfil voluntarioso marcado pelo nariz proeminente e os lábios cheios e largos? Tinha. Tinha a pele alva e os cabelos pretos levemente ondulados? Tinha. E aquele porte altivo de corpo sinuoso e muito feminino? Tinha. Era sensível, delicada, vibrátil, fescenina? Ora.

Como a conheci?

Inventei-a e depois, bem, eu sou do IBGE, sou formado em Economia e sou estatístico do IBGE, grande instituição deste país, tenho orgulho, coisa de Getúlio Vargas. E fui aluno do professor Edgard Monteiro na faculdade, e como aluno, como quase todos, encantado pelas aulas dele, pelas imagens dele, pela retórica, pelos gestos dele, pela figura dele. Cristina deve ter passado pelo mesmo encanto, quando se apaixonou e se casou. E, fascinado, esforcei-me particularmente na matéria dele, que era macroeconomia, logo no primeiro ano, e ele me reconheceu como um dos seus melhores, e me deu atenções, fazia disto com alguns alunos que escolhia, por gosto, era marca dele, e me convidou várias vezes à sua casa.

Ocorre que, no primeiro ano, eu já estagiário do IBGE, por indicação do deputado José Maria, fui chefiar uma das equipes que fizeram a pesquisa por amostra domiciliar, e por coincidência, na verdade um pouco forçada esta coincidência, na medida em que eu já conhecia o Professor, já assistia as suas aulas, sabia da sua casa, sua mulher, sua filha, por coincidência forçada minha equipe foi fazer a pesquisa na casa dele, que era no Jardim Botânico, na parte de cima, perto do Horto. E quem nos atendeu, quem nos recebeu, quem nos prestou todas as informações, foi a mulher do Professor. Inesquecível. Cristina, vi pela primeira vez, num vestido leve, azul, tomara que caia, os redondos braços brancos à mostra, os ombros, o colo magnífico, a pele lisa e clara, o perfume delicado, o cheiro de mulher no calor do dia. Anotei depois, na margem do formulário: delícia.

Idiota eu era, certamente muito tolo, cretino, como todo moço bem formado, e certamente por isso achei que a mulher do Professor tinha gostado de mim, gostado como homem jovem e viçoso, educado, de olhos nela, de faro nela. Foi assim, ou com certeza não foi, o fato é que ela não me saiu da cabeça por longo tempo, e quando voltei a estar com ela, naquela mesma sua casa, quase meio ano depois, já a convite do Professor, aluno destacado dele, caí perfeitamente apaixonado.

E falava sobre ela com os colegas, os amigos, a gente é assim, quando está apaixonado só quer falar daquela mulher. E um dos colegas, Mário, que era sobrinho de alguém da família dela, disse que ela havia passado, pouco tempo antes, um ou dois anos, por uma crise profunda de depressão, a ponto de andar sendo internada. Surpreso, cheguei a duvidar, pelo contraste com o que tinha visto, ou pelo menos atribuí à informação uma boa dose de exagero, as pessoas são assim, eu já sabia àquela época. O fato era que dona Cristina parecia a mais viva e alegre das mulheres. Cristina, só, eu a chamava assim nos devaneios, no travesseiro. Gozava sozinho com ela na cabeça e no coração, orgasmos espontâneos com a imagem dela, sem pensar num ato de sexo, só a imagem delicada, a respiração dela, os movimentos e os detalhes femininos dela, as mãos e os pés de unhas pintadas, talvez só um beijo, só.

Foi uma recaída na adolescência; com dezenove, voltei aos dezesseis, quinze, ficava horas perdido no quarto, na solidão que me trazia a imagem dela, aquela melancolia feliz, silenciosa. Eu saía com o carro de minha mãe e passava na frente da casa dela, no alto da rua Pacheco Leão, uma casa grande de altos e baixos que dava fundos para a mata da Dona Castorina; eles moravam no apartamento de cima, tinham uma filha de seus oito ou nove anos. Fiz esse trajeto muitas vezes, durante meses, aquela atração, expectativa infantil. Até que um dia tive a baita sorte que esperava, entrei na rua e, nos fundos do Jardim Botânico, dei com ela, sem carro aquele dia, carregando umas compras de feira, com um longo trajeto a percorrer até a casa. Ofereci carona, claro, e ela aceitou sorrindo, foram cinco minutos só, eu inventei que tinha um amigo no alto da Tijuca e ia subir por ali, realmente eu conhecia uma menina que morava lá, e Cristina me deu um beijo de face na hora de sair do carro, isto é, eu aproveitei o gesto de oferecimento e realmente beijei-lhe a face, um beijo verdadeiro, não apenas rosto no rosto simulando um beijo simbólico, não, foi beijo mesmo, meus lábios bem na pele do rosto dela, alva, fresca, sem pintura nenhuma àquela hora da manhã, a consistência mais pura e macia que pode haver em tecido de pele de mulher, ela sentiu, com certeza, quão fervoroso foi aquele meu beijo, acho que seus olhos refletiram, já fora do carro, diretamente para mim, uma pequena emoção de agradecimento à minha devoção.

Não dormi aquela noite, isto é, acabei dormindo sim mas demorei, naquela e nas noites seguintes, imaginando gestos e carinhos, assim é a paixão de gente jovem, passando e repassando imagens. Hormônios. Isto é, coração; detesto essas explicações materialistas que atribuem sentimentos e estados de alma a composições químicas do sangue ou do cérebro. Meu amor por ela não tinha sexo, não sei explicar, mas não tinha. Ou, se tinha, porque eu acabava chegando ao orgasmo, era uma parte menor da vasta emoção de amor. O homem é o animal que ama. Que pensa e fala, sim, mas também que ama. O único que sublima o sexo bruto da natureza, e constrói patamares superiores por cima do sexo, dois, o patamar do erotismo, do sexo estético e civilizado, e o patamar do amor puro, sublimado. Era o que eu sentia por Cristina.

Como disse antes, de quando em quando, não sei precisar, era chamado à casa do Professor, com outros colegas, para ouvi-lo, ele gostava, e para tomar vinhos e comer queijos, especialidade dele, vinhos finos e queijos especiais, um gosto que ele cultivava e refinava, espécies novas de cada vez, e aquilo era o céu, eu tomava vários copos e ficava olhando meio ostensivamente para ela, mulher, sentada, as pernas de mulher cruzadas, os joelhos redondos de mulher à mostra, eu ali beijando-os ajoelhado, eu e ela, cumulava-a de carinhos virtuais, os mais santos, durante horas, e depois, na cama sozinho.

Uma tarde, alguns meses depois, passei e vi que ela saía de casa no seu carro, era um Fiat grená, não me viu e eu ousei, fui no impulso, aquele chamamento de origem metafísica, manobrei poucos metros acima, fiz a volta e segui-a, com muito cuidado, claro, de longe, ela com certeza não reconheceria o meu carro, fui seguindo-a pela Pacheco Leão e depois pela

Jardim Botânico, na praça do Jóquei ela tomou o caminho da Barra, acelerei o carro com o coração também acelerado e entrei no túnel do edifício atrás dela, sempre mantendo um ou dois carros entre nós, passamos a mata da PUC, entramos no túnel propriamente dito, de pedra, dos Dois Irmãos, e saímos na Rocinha, tenso, verdadeiramente, respirei fundo e consegui relaxar, ela devia ir visitar alguém ali em São Conrado. Passamos o Gávea Golf e ela parou no correr de lojas logo na entrada das Canoas. Continuei, acelerando mais, passei por ela sem ser visto e parei logo depois, cautelosamente, ali havia uma padaria de certa fama, ela ia comprar algo e voltaria ao conjunto de edifícios do bairro, com certeza, para levar à casa de uma amiga os confeitos que comprasse, qualquer coisa para um lanche. Eu preparado para pegar o retorno e continuar a segui-la. Ela saltou do carro, fechou a porta e, em passos rápidos, passou para outro carro estacionado quase ao lado, um Opala de cor muito parecida à do Fiat dela. A respiração me estancou, e o coração deve ter parado junto. Era um homem, eu vi bem. Vi e pressenti que não era um encontro normal. Ele deu uma ré, saiu do estacionamento e arrancou forte em direção à Barra. Clandestino. Eu me abaixei quando eles passaram. Ela tinha um amante.

Agora, passado tanto tempo, posso falar em revolução para designar o sucedido comigo a partir daquela tarde. Vou ao dicionário e vejo, após os significados astronômicos, que a expressão se emprega para designar mudança profunda e repentina nas organizações e nos procedimentos de uma sociedade, e que se pode aplicar a um indivíduo, à sua vida, sendo a mudança frequentemente associada a fortes sentimentos de indignação em relação ao estado anterior. Bem, por tudo isso eu passei naquela tarde, na noite e nos dias que se seguiram, era uma revolução. Mas catastrófica, o céu desabou como no Apocalipse, vi estrelas caindo, e adoeci.

Adoeci mesmo. Ela tinha um amante, trepava com ele, gozava com ele. Ela, fina, bela educada, mulher de boa família, ela, a mulher que eu amava, não era honesta.

Ninguém tem ciúme do marido da mulher que ama. Sabe-se o que é uma relação com o marido, uma coisa rotineira, de dever, sem frêmitos, uma relação conhecida e perfeitamente aceitável. Com um amante é coisa completamente diferente, é uma entrega de amor, é realmente uma flechada envenenada no coração enamorado. Adoeci. Passei uns dias em queda, sem chão, sem referência. Tive febre, suava muito, chamou-se médico em casa, doutor Anselmo. Aos poucos convalesci, tudo não passou de uma virose, atacou forte na medida em que meu sistema imunológico devia estar enfraquecido por estresse. Quando acordei, como São Francisco, eu era outro, tinha vinte anos e uma nova concepção de mundo e de vida, de ser humano. Notei diferença nas cores das coisas, nos odores, em toda minha vida, este foi o episódio que me marcou mais profundamente em brasa, que mais me fez avançar no sofrido processo de amadurecimento. Transitando pela ignomínia. Fui às putas por necessidade cínica, o propósito era trocar o sonho pela realidade, cair na realidade, viver a realidade, várias vezes; consegui ereção e gozei.

E passei a querer trepar com ela, coisa que antes era impensável, passei a visualizar o corpo dela, ela nua. Comecei a me masturbar todo dia pensando numa trepada real com ela, antes era só de contemplá-la, estaticamente, ela falando, fazendo gestos, ajeitando os cabelos, rindo, conversando e eu olhando, no máximo eu a beijando, na face e na boca de leve, nos pés, nos joelhos, logo ejaculava. Nessa nova fase atrevida, cheguei à ousadia de uma hipótese de assédio, declaração impudente, quem sabe, se ela dava para outro podia querer me experimentar, um jovem animoso, talvez ela gostasse mais, cheguei ao ponto perverso de pensar que podia até chantagear, com o que eu sabia dela, pensei, sim, mas era só pensar, evidente, nunca passaria ao agir, era cinismo em demasia, assim também não, a revolução não era tanta, minha alma boa continuava lá. Tive várias oportunidades de vê-la posteriormente, o Professor continuava me convidando de vez em quando para viandas e vinhos, para escutá-lo em sua casa. Em vez de olhá-la mais acintosamente, como quem tinha um trunfo, ao contrário, senti-me acovardado, menor, inseguro, tímido, nem sei se ela reparou.

Hoje, que escrevo, faço-o só para dizer um pouco da essência dela, do ser feminino que ela era, completamente entregue às forças cósmicas do seu sexo. Não buscava nenhum preenchimento de ego de caráter social, nem profissional, como pessoa de fama, artista, modelo, escritora, personalidade, fosse lá, nem status de mulher rica, socialite, soberba, ou de princesa, nada disso, realmente; apenas — não sobretudo mas apenas — queria ser e era mulher, não mais, mãe, claro, mulher é mãe, por ela acho que teria tido mais filhos, quatro ou cinco, e ainda pensava, verdade é que pensava por pensar, sabendo da rejeição de Edgard à ideia, e às vezes, naquele seu vezo de imaginar, vinha até à cabeça a maluquice de querer que Francis, o amante, gozasse dentro dela sem camisinha — ser fecundada, outra vez fecundada — ele é que não concordava, maluquice, nem pensar, ela sabia que ele nunca o faria.

Mulher, tão somente. Sua essência era andar estuante no mundo entre homens, alegremente, serenamente, admirada e desejada com naturalidade, enfeitava-se para isso, muitas vezes de uma forma sutilmente chocante, como um manifesto feminino, mas sem cair, jamais, na vulgaridade, na coisa tosca.

Francis, para ela, foi um estado de alma, não só de corpo, um estado libertador consagrado. Muito mais nítido do que na primeira experiência, com o analista, que eu soube depois, ainda marcada por laivos de insegurança e de culpa, ensaio apenas. Francis realmente foi o homem, o grito masculino convocatório e decisivo. Depois do caso com ele, mesmo com a dor do tranco recebido, ela já se havia encontrado no mundo, era mulher e podia ser, plenamente, devia ser. Teve outros, não mais com o mesmo significado, a mesma dimensão vital do caso com Francis, outras relações que não eram puramente genitais mas não chegavam a ser uterinas, relações romanescas, poucas vezes mais profundas, e que iam consolidando e preenchendo seu destino. Sem exageros, sempre foi discreta. Não queria ser vista por ela mesma como uma trepadeira vulgar e desvalorizada.

Cristina; como eu ainda gosto de falar dela.

Não sei se tudo o que digo é justo, releio e penso que repeti observações pueris que guardei na cabeça desde aqueles tempos, como se estivesse transcrevendo um diário feito aos vinte anos. Um retrato dela, momentâneo, nem de longe a vida dela transcorrida, a infância dela, sei lá como foi, só sei que foi toda bem formadinha, mãe e pai, essas figuras sempre tão importantes, a irmã mais velha, meio soberba, e o irmão gêmeo vigilante e ciumento, a adolescência, a insegurança desse momento de ingresso, a juventude mais segura, ela já bela, nada disso, nem os tempos posteriores de declínio, o natural sofrimento, só coloquei na carta dela aquela disposição de descer a rampa junto com o marido, mas foi por dedução, por projeção do ser que conheci no patamar mais alto, nenhuma constatação atualizada. Enfim, imprecisões e afoitezas, quem sabe aleivosias do escritor. Possível decorrência de sentimentos fortes que eu guardei todo esse tempo, e que ostento quase como um dever.

Foi realmente parte relevante da minha vida, não em razão de tempo de convivência, este tempo de relógio, o de estar junto, de vê-la de perto, sentir as expansões do seu ser que me penetravam como vapores apurados. Relevante, porém, muito, por abrir escrínios da vida que talvez não me fossem acessíveis por via de outra pessoa senão ela. Devo-lhe a intuição, a percepção mais clara e definida do ser mulher. Não completa, nos seus milhões de sutilezas, óbvio, nada perfeita porém mais clara e consistente, talvez, do que a aleijada visão dos homens brutos.

Essa compreensão mais larga, na verdade, só vim a adquirir depois, entrando ano após ano, com a reflexão que fui desenvolvendo a partir da figura dela e de outras em paralelo, mas sempre com referência nela. O sentimento daquele meu momento jovem foi muito negativo, eu senti assim, vergonhoso, intensamente vergonhoso em relação a ela e a mim mesmo. Escrevi uma carta, ora, meu Deus, cheguei a esse ponto, desci ao fundo de uma furna pueril e diabólica, eu já grande, com mais de vinte anos, já estudante universitário, deambulando nessas paragens escuras, escrevendo carta anônima, ignóbil, que me perseguiu a vida inteira, para denunciar o crime hediondo, oh, quando penso nisso, quando recordo, sinto a exsudação de uma vergonha grossa, viscosa. E eu fiz, carreguei pela vida este esqueleto dentro do meu armário mais interno. E tanto pensei depois naquilo tudo, tanto esgravatei a consciência, tanto desenrolei interpretações a respeito daquele ato feminino dela, que finalmente acho que acabei compreendendo melhor a feminilidade natural, e por isso mesmo divina, como tudo o que é natural, mas a que custo, quanta raiva e quanto opróbrio na minha cabeça durante tanto tempo.

Bem, chega dela: o Professor.

Eu penso muito sobre a essência do ser profissional em cada ocupação, que é uma das três dimensões básicas do nosso ser, depois da saúde e do amor. Dimensão cujo preenchimento é claramente propiciador de felicidade, como as outras. Acho que a essência do ser político, por exemplo, que depois eu vim a encarnar, está na atuação transacional sobre o poder público e sobre a opinião, a opinião pública, em busca do suposto bem comum, do bem comunitário idealizado. O que vem a ser este bem comum na realidade é outra história, contada sempre *a posteriori*, superpondo-se à história das ideias e proposições políticas, sua evolução, suas vertentes. No dia a dia, este bem comum acaba sendo aquele ditado pela preferência da opinião corrente. Já a essência do ser médico, que eu queria para mim, deve estar no interesse permanente pela ciência do milagroso corpo humano, e obviamente na sua aplicação em benefício da sustentação da sua vida e do aplacamento do sofrimento, físico ou psíquico. Meio complicado tudo isso que eu disse, pode ser filosofia barata esse conjunto de pensamentos mas é altamente relevante para cada um, o seu próprio pensar, recorrente, sobre a realização plena do seu ser no plano profissional. Das três, é a dimensão que mais pode ser trabalhada pela nossa vontade.

Já pensei também na essência do ser professor, ligada à tarefa da própria formação do ser das outras pessoas, especialmente num certo tempo decisivo desta maturação do ser, transmitindo informações e conhecimentos, claro, mas indo muito além disso, forjando os mecanismos da compreensão e as diversas aberturas para o desabrochar do pensamento e do caráter desses novos seres, da sua visão da vida e do mundo, coisas da essência mesma do homem. O professor guarda algo daquela dimensão originária e milenar dos rabinos e dos filósofos, do ser que ensina a outros seres a ciência do ser. E ensina, sobretudo, sendo. Alguém, que eu prezo muito mas me escapou da memória, disse que o professor não ensina o que sabe, ensina o que é. Muitos dos comunicadores de informações e ensinadores de técnicas que hoje povoam nossas escolas perderam, infelizmente, aquela essência primeira do ser professor.

O nosso Professor Edgard, entretanto, nunca a perdeu. Mas não é sob esta perspectiva filosófica e profissional que aqui quero falar dele. Minha arte quer ser outra, quero contar a história dele com ela, da vida dele, sim, em traços bem fortes, traços esquemáticos, salientes, sem detalhes, mas principalmente falar de sua relação com Cristina, sua mulher, esposa, o cerne, falar do casal, falar dele e dela falando do casal.

O casal é sempre visto como união de sexos, homem e mulher unidos para fazer sexo e gerar filhos. Unidos pelo amor, sim, já que sexo e amor têm uma ligação intrínseca, não inseparável porque existe um sem o outro, mas um mútuo envolvimento de gravitações e propensões, de espírito e de glândulas, que é próprio do ser humano. Falo de um casal em geral, casados ou não institucionalmente, podendo ter amor na origem, como os de hoje, mas também podendo não ter, como os de antigamente. O que caracteriza o casamento é o compartilhamento, é o ser-um-com-o-outro. Compartilhamento do espaço, do teto, do abrigo, e especialmente do tempo, do cuidado, da perspectiva, dos projetos e esforços da vida, e da floração, da frutificação do sexo, os rebentos, a continuidade do sangue e da carne unificada. Casamento é compartilhamento da existência, uma força centrípeta que também gera amor e muitas vezes domina as vigorosas gravitações do sexo.

Bem, isso tem a ver com a vida do nosso casal. E com a cabeça, o pensar do Professor. Às vezes eu imaginava, e agora mais ainda penso assim, que ele gostava de que Cristina fosse mulher do mundo, envolta em múltiplas insistências masculinas. Não sei se tirava algum proveito disso em termos de estímulo sexual, há homens que se alimentam sexualmente do tesão dos outros pela própria mulher. De qualquer maneira, era mais ou menos nítido que ele gostava da mulher publicamente gostosa, assediada, e até que meio oferecida.

Não deu atenção nenhuma à minha carta infame, isto é, esquadrinhei o fundo dos seus olhos nos dias seguintes, semanas, indaguei de outras pessoas mais chegadas à sua casa, o Leonardo, que era monitor das aulas dele, a Célia, secretária, não tinha havido nada, e a relação dos dois permanecia exatamente a mesma, ela em nada se sentiu ameaçada e continuava se encontrando com o cara, eu me arrisquei e os flagrei ainda uma vez, no mesmo lugar em São Conrado, como já tinha feito outras duas vezes, coisa doentia, enfim, a inocuidade absoluta da escrotidão do meu feito, a carta, me fez concluir por uma completa desatenção dele, enquanto marido, pela posse exclusiva da mulher; nem sequer se deu ao trabalho de uma verificação, eu havia informado perfeitamente o local. Bem, o imediato foi a decepção, passei longo tempo nesse fluxo de pensamento, cara idiota, pusilânime. Passou tempo até eu começar a alcançar outros patamares com ângulos mais abertos e luminosos de visão.

Era sua forma pessoal de ego, um ego robusto, musculoso. O sexo preenche o ego e o ego preenche o sexo, lei de Freud, o Grande, só não sei se foi ditada por ele.

O ego do Professor, sua vaidade, seu orgulho, era portentoso, completamente superior, pairava por cima de tudo ao redor, tinha certo grau de doença a meu ver. Proclamado era esse ego naturalmente no brilho da palavra dele, mesmo no discurso coloquial mais simples, mas especialmente na aula, na palestra ante uma assembleia, as expressões de fala, de face e de gestos, de todo o corpo, que entrava em vibração crescente ao curso da fala e acabava em gozo manifesto. Buscava permanentemente termos inusitados para suas frases, chegava com frequência a formar vocábulos novos, como se imprescindíveis, era o horror ao vulgar. Suas sentenças flutuavam brilhantes depois de soltas, e ele as via reverberar suspensas no espaço, magnetizando a atenção da sala. O Professor tinha repugnância pela mediocridade, pela sensaboria da gente da burguesia e das suas conversas corriqueiras. Instigava Cristina a desconversar o dia a dia nas reuniões e dizer coisas alvoroçantes diante dos amigos, e então o riso se derramava de alegria pelos seus olhos úmidos. Cristina era o contraponto do ego flamejante, ora fazia a melodia, ora o baixo-contínuo das suas locuções brilhantes.

O Professor tinha ascendência nobre, ligações diretas que chegavam ao visconde de Carandaí em quatro gerações. Nobreza e grandeza, tinha para si, eram uma só qualidade, que ele cultivava com consciência do seu patrimônio genético e cultural, consciência plena e um certo entono justificado, que compreendia algum desdém, largo desdém na verdade, quase repulsa, pelas figuras pequenas da burguesia, gestos e aforismos rotos daquela gente pequena que nem os ouropéis da riqueza maior dos corruptos podia ostentar.

Escrevia um livro, o Professor. Um livro definitivo. Não de Economia, sua matéria de profissão, mas sobre o Homem, seu ser, sua história, seu futuro, numa consideração multifocal, multiangular, multidisciplinar. Pesquisava em profundidade, queixava-se das carências das bibliotecas das universidades brasileiras e pretendia passar um ano na França, falava bem o francês, melhor que o inglês, havia estudado em Louvain, na grande universidade católica, a francófona, na Bélgica, tinha sido aluno do Santo Inácio e mantinha ligações com a PUC, chegara a lecionar lá durante os primeiros anos, e foi por essa via que passou um tempo em Louvain. Mas, para a grandeza do alcance do seu livro, tinha que pesquisar em Paris, um centro mais amplo, Louvain era excelente mas tinha uma certa limitação de natureza religiosa.

Não tinha previsão de término para o livro, era uma obra magna, sem prazo de entrega. Começava com uma visão biológica do Homem, da qual conhecia pouco, e essa primeira parte, felizmente já quase pronta, havia demandado muito tempo, muita leitura e muita conversa com profissionais da área, com gente especializada não só no organismo humano em si mas no conhecimento sobre as suas ligações na cadeia biológica, especialmente na questão do aperfeiçoamento do sistema nervoso central ao longo da evolução.

Trabalhava no livro mas não com a disponibilidade de tempo que seria necessária. Não que o preparo das aulas fosse uma tarefa muito exigente, se quisesse, não perderia tempo nenhum naquele mister, era só entrar na sala e versar sobre o capítulo do dia, tinha conhecimento para isso e desembaraço de sobra. Mas tinha horror à mesmice, fazia questão de trazer uma nota nova em cada aula, uma faceta antes não exibida, que ninguém nem ele mesmo havia ainda revelado. E isso lhe exigia algumas pesquisas toda semana, roubava-lhe o tempo do livro. E ainda havia as palestras, era frequentemente convidado e aplaudido, chamariz em qualquer evento para público. E até mesmo para os encontros que promovia em casa, com vinhos e vitualhas, preparava temas, escolhia frases, gastava tempo aprontando intervenções, tiradas, expressões que usaria pela primeira vez.

O Professor.

Quis, em certo momento, galgar patamares na universidade. Não admitia a ideia de fazer pós-graduação, o caminho que se tornava mais usual, e que se ia mesmo transformando aos poucos em exigência. Não para ele. Primeiro porque era o caminho usual, que todos estavam fazendo, uma espécie de moda, coisa que ele detestava. Segundo porque não lhe passava pela compreensão, e pela aceitação, a ideia de ter, ele, um professor, pleno, um mestre, ele ter um outro professor, ainda que temporário, reportar-se a um orientador, alguém supostamente de mais saber, para orientá-lo no trabalho do mestrado, nem sequer de se apresentar perante uma banca, ora, não, isso havia feito quatorze anos antes, quando se tinha candidatado e vencido o concurso com tanto brilho e aplauso.

Sendo assim, ascender e aparecer mais dentro da universidade era ocupar um espaço maior, ser chefe de departamento. Depois podia pensar em ser reitor, até ministro, outros planos mais elevados.

Com rigor, preparou-se. Sempre se preparava com rigor, em qualquer tarefa, garantia do êxito e do brilho. Em sete meses haveria eleições para o novo reitor, crescia o movimento de renovação com o Celso Prates, chefe do departamento de Ciências Médicas, era muito provável que saísse vencedor. Ele se engajaria na campanha do Celso, com quem tinha boas relações, conversas interessantes sobre a vida, a formação e a evolução da vida, sobre o livro que escrevia, e poderia pleitear, com grandeza, a chefia do seu departamento, o de Ciências Econômicas.

Deu certo o planejamento e a execução do plano. Meses de alguma tensão, não podia fracassar, meses de aplicação integral ao objetivo, aos objetivos sucessivos, encadeados, da campanha, da eleição do Celso, vitoriosa, e depois do seu próprio pleito, justo, merecido, reconhecido com verdadeira unanimidade, chegou a avaliar que poderia até ter-se candidatado a reitor, ele mesmo, tal o prestígio junto aos alunos e aos funcionários, e até, especialmente, entre os professores. O Professor Edgard foi nomeado chefe do departamento de Economia. Final do plano, atingido o objetivo. Eu estava dois anos à frente, já não era mais seu aluno mas o acompanhava, nunca deixei de me interessar por ele.

Bem, fim de um, preliminar, início do outro, agora o verdadeiro objetivo, não havia pretendido ser chefe do departamento apenas pelo poder de chefiar, tinha planos grandes na cabeça, seria uma nova universidade, nova missão, novo preparo. Estavam em setembro, não havia como modificar nada senão no início do ano próximo, em março. Tinha algo como seis meses para organizar tudo, desde as primeiras definições. Não era tempo folgado, nada disso, as mudanças seriam muito profundas, verdadeira revolução, era preciso objetividade e decisão nas definições e no rigoroso preparo da implantação. Claro que havia já desenvolvido ideias novas sobre um novo desempenho do departamento; muito novo e diferente, modelo de novo ensino universitário, era a razão da luta para ser o chefe. Mas havia que transformá-las num minucioso plano de ação, num projeto detalhado e consistente, tremendamente inovador. Chamou-o de lecionamento cooperativo, uma expressão nova para designar o compartilhamento das aulas de cada professor com outros professores do departamento e até com professores de outros departamentos que seriam convidados, e logicamente aceitariam participar daquela nova e criativa experiência, a multidisciplinaridade em prática. Cada aula seria ministrada pelo professor específico da matéria mas teria a presença, os comentários, as achegas e até mesmo as críticas de outros professores, que veriam aquela matéria sob outros ângulos, pelo menos mais dois prismas em cada aula, mostrando aspectos que diziam respeito a outras disciplinas interligadas, produzindo mesmo debates perante os alunos, e permitindo a eles, alunos, participarem.

Era a essência. Brilhante e inovadora essência. Fez uma primeira reunião em casa, Cristina linda, com alunos diletos e professores com afinidades, e expôs com inteireza o que já havia adiantado a todos em bocados sobre sua nova concepção de ensino multidisciplinar, uma exigência da ciência moderna, madura e futura. Era uma primeira experiência no mundo, de algo que o mundo inteiro já falava como necessidade e ainda não praticava, mas iria acabar adotando como exigência do conceito mais progressista de verdade.

Seria ele o criador.

Tive o privilégio, fui um dos chamados para essa primeira exposição do novo processo de lecionamento. Bem, o Professor era um ser acima de julgamentos que se pudessem fazer sobre os tipos comuns. Pusilânime, por exemplo, era um adjetivo que não lhe cabia, apesar de ter sido muito usado sobre ele. Para mim, por exemplo: se ele não havia levado em conta o conteúdo da minha carta, se não tinha tomado nenhuma das atitudes comuns num marido traído era porque, primeiro, a carta era muito escrota e ele tinha sabedoria de sobra para o perceber; segundo porque estava realmente em outra órbita de vida, muito mais larga e mais alta, nunca por covardia ou qualquer coisa parecida. O que me fez sentir mais mesquinho, claro; de uma mesquinhez arrasadora. Que me impediu de apreciar Cristina aquela noite, mais de um ano depois, em que fui chamado para a discussão do novo projeto criado por ele. Compareci constrangido, internamente impedido de admirá-la, linda, sim, mas muito além do meu sentimento, de amor ou de ódio, muito além da minha pequenina estatura humana. Saí da reunião sem ter tido condições para sequer apreciar o projeto, avaliar sua revolucionariedade e sua aplicabilidade; saí da casa deles rastejando como um bom verme.

Houve outras reuniões, sucessivas; o Professor era um ativista do debate, da democracia participativa. Presenciei apenas uma segunda, que se deu cerca de um mês e meio depois da primeira, e pude observar a diferença no acolhimento da proposta. A resistência cresceu evidentemente por parte dos professores em geral, já que a obrigação de participar de outras aulas aumentava muito as cargas de trabalho, desorganizava rotinas e horários há muito estabelecidos para a maioria. Era esperada essa resistência, fazia parte do plano o trabalho árduo de convencimento dos professores, que não seria fácil. Mas o Professor Edgard tinha postulado a chefia para fazer a revolução, estava absolutamente decidido a implantar o novo esquema, primeira experiência no mundo, marco da Nova Universidade Brasileira. Jogou-se de corpo e alma em uma trabalhosa negociação caso a caso e foi obtendo o que queria, parcialmente, claro, não conseguiria dois professores a mais em cada aula, além do titular da matéria, mas garantia pelo menos um a mais, o que já era uma revolução. E mais, ele teria de assumir esse encargo de professor debatedor, iluminador da multidisciplinaridade, ele mesmo, na maioria dos casos. Não fazia mal, era até bom, queria viver pessoalmente a experiência, constatar os resultados, corrigir falhas, estar atento ao bom cumprimento da nova ordem, e dar notícia ao mundo, com dados colhidos pessoalmente, daquela participação. Desdobrar-se-ia, tinha toda a disposição para o que era o seu grande momento. Ademais, ser o principal debatedor era uma verdadeira vocação sua, a de iluminar com luzes de outros ângulos um tema normalmente apresentado com um só foco, corriqueiro.

A excitação do Professor ganhou alturas muito elevadas naquela negociação, e tornou-se ainda mais intensa nos primeiros meses do ano letivo da nova maneira de dar aulas no seu departamento. Celso Prates acompanhava com preocupação as informações que lhe chegavam. Não só era amigo do Edgard, como lhe devia muita força votante na eleição, dado o prestígio do Professor.

O choque, todavia, era inevitável. A partir da desestruturação dos horários e das agendas profissionais dos professores, até mesmo daqueles que tinham o compromisso da dedicação exclusiva à universidade e que, dentro dos seus gabinetes, examinavam teses, liam jornais e revistas, escreviam artigos, estudavam algo necessário, recebiam alunos e conversavam com colegas para preencher o tempo. A reação entre esses foi até maior, pela condição de autonomia de que desfrutavam, e que estava sendo claramente agredida.

Mas a oposição cresceu e tornou-se dominante sob outro aspecto que não só o dos tempos e horários: as intervenções dos professores associados nas aulas interdisciplinares começou a irritar os titulares das matérias e rapidamente gerou um verdadeiro veto ao novo método, o revolucionário. Especialmente em relação à própria participação do Professor Edgard, o chefe do departamento e criador do novo sistema, e o mais assíduo e participante na qualidade de interdisciplinador. Frequentemente, o Professor Edgard é que acabava ministrando a aula que devia ser do outro, do titular, tomando-lhe a maior parte do tempo, e muitas vezes dizendo, com brilho e ardente animação, coisas discordantes em relação ao que o titular havia dito. Um desacerto muito fundo.

Era inaceitável. Não podia continuar.

A desestruturação era completa no departamento, dos horários profissionais ao conteúdo dos cursos, e mais grave ainda a devastação do clima psicológico entre os professores. Era impossível continuar aquela experiência maluca. Era o dito corrente.

Impossível, não, absolutamente possível e indispensável, tinha de continuar e ia continuar, sustentava o Chefe com uma tenacidade insuspeitada. A experiência não tinha nada de maluca mas era altamente aperfeiçoadora, culturalmente progressista, inovadora, revolucionária no sentido construtivo de uma nova maneira de ensinar, muito mais rica e abrangente. Não era fácil, ele sabia, compreendia, dispunha-se a uma grande tolerância na implantação, mudar nunca é fácil, revolucionar é dificílimo, mas a tarefa merecia todo o esforço, todo o esforço e o que mais fosse necessário, muito mais, tratava-se realmente de algo que haveria de marcar história e projetar o Brasil no mundo acadêmico. Seria feito, isso estava decidido, custasse o que custasse. Estavam formando uma geração de jovens humanistas com um conhecimento muito mais profundo e diversificado sobre as ciências da vida humana. Uma geração portadora de uma nova cultura que ia dar lições ao mundo; logo, logo, as melhores publicações especializadas dariam o registro.

O choque foi frontal, e logo surgiu o líder da oposição, o professor Geraldo Cunha, de História Econômica, que tinha passado por uma intervenção demolidora do Professor Edgard na sua última aula. Ele se negava a dar outra aula dentro daquele esquema estrambólico.

— De maneira nenhuma, não aceito esta expressão, que aliás é inculta.

— Estrambólico, repito, confirmo.

— Não aceito.

— Aceitando ou não, é a verdade, é o que todos acham. Todos! Todos os que têm juízo. Entendeu? Compreendeu agora?

— Veja como fala. Sou o chefe deste departamento.

— Falo a verdade, o bom-senso, a dignidade. De todos! Do próprio departamento.

Geraldo Cunha gritava, claro, e crescia. Edgard Monteiro levantou-se, caminhou em sua direção de dedo em riste. Os que assistiam ficaram paralisados, ninguém se interpôs. O dedo em riste foi segurado com força pelo oponente e torcido com dor aguda para o professor, seguiram-se empurrões e, quando os outros correram para apartar, Edgard, o chefe do departamento, já havia levado um tapa fragoroso de mão pesada, bem no meio da cara. Seguiu-se uma gritaria, saiu "corno" nessa gritaria, saiu de qualquer parte o adjetivo bem explícito e entendido, e o abafa, o deixa-disso, intervenções de esfriamento em tempo longo, mais de uma hora, e o caso acabou sendo levado ao conselho universitário por denúncia do próprio chefe do departamento, pedindo a punição mais severa para o professor agressor.

Corno: eu não estava presente mas a expressão foi muito citada nos relatos de corredor e nos comentários sobre o incidente, e aquilo me atingia, ninguém sabia mas aquilo varava a minha alma: então era coisa sabida, e certamente comentada, e logo constatei que era mesmo, aquela velha história, de que o marido é o último. No caso talvez não fosse, porque eu havia escrito ao marido a carta, ignóbil, já me envergonhava profundamente dela, mas havia escrito, logo ele sabia também, e não se importava, daí a expressão, era um jogo intrincado.

Antes de o Conselho considerar e deliberar, o Departamento de Economia inteiro entrou em greve. Unanimidade dos professores; ou eles ou o chefe; não voltariam a dar aulas se o chefe não fosse substituído.

Quero um pouco parar aqui para rememorar os meus sentimentos na ocasião. Eu estava com o Professor Edgard Monteiro. Na qualidade e no acerto da sua proposta, e no esforço de romper com a mesmice, a preguiça, o conservadorismo, a mesquinhez dos interesses da incompetência, a canalhice, eu pensava assim. Achava que ele estava certo no enfrentamento e na tenacidade com que defendia sua tese. Valia a pena todo o rebuliço, toda a etapa de desorganização, de derrubada do velho para a implantação do novo. E o novo, que ele propunha, era realmente melhor, mais largo, mais iluminado, mais científico, mais verdadeiro. Eu pensava. Eu conseguia pensar com isenção, eu achava, apesar do envolvimento emocional com o assunto Cristina. Mas realmente eram poucos os que estavam com ele, os que pensavam como eu, mesmo entre os alunos. Entre os professores, não havia nenhum.

O reitor reunia, escutava, parlamentava, e se convencia — talvez não fosse este o modo mais correto de expressão da verdade, dado que já estava mais que convencido, o convencimento se fez logo nos primeiros momentos, mas o Professor Edgard merecia muita consideração, e o Reitor fazia como se se fosse convencendo aos poucos, diante dos fatos, de que Edgard Monteiro tinha de se demitir do departamento, era completamente inviável sua permanência, a indisposição era total, unânime contra ele. Edgard era um dos patrimônios da faculdade, figura do maior respeito, nacional e até internacional, da Argentina ao México era citado, era convidado, era conhecido e homenageado. Como professor, como intelectual. Mas era um insensato administrativamente, politicamente, sonhava alto em demasia, espiralava teorias e não via a realidade, um teórico completamente irrealista, mais do que provado, um porra-louca.

O Conselho resolveu tão somente advertir o professor agressor, minimizando a ocorrência, já que ninguém se dispôs a testemunhar nem a comentar a agressão, nem mesmo os dois diretamente envolvidos. Encerrado o caso no conselho, o reitor preparou-se para uma conversa com Edgard, pensou, escolheu palavras, mas não precisou utilizá-las, o próprio Edgard teve o oportuno bom-senso de pedir demissão por escrito da chefia do departamento, sem falar com ele. Brio nunca lhe havia faltado. Muita grandeza. E mais, tirou férias e entrou com um pedido de licença-prêmio, sumiu da faculdade.

Mudar é uma coisa extremamente difícil, óbvio, tanto mais quanto mais profunda é a mudança. O Professor passou dias a pensar, refletir sobre o caso em si e suas implicações sobre a teoria que desenvolvia no Livro, optando por intitulá-lo "O Homem Conservador". Definitivo. Retomou o trabalho, reorientando todo o escopo, escrevendo a Introdução que resumia a Obra. Trabalharia seis meses a fundo. Era o tempo necessário para escrever o que já estava na cabeça e até bastante posto no papel. Em Louvain, sim, era fácil retomar o contato e passar seis meses em Louvain, Paris era melhor, claro, tinha muito mais recursos, mas Louvain era muito mais fácil, imediato, e de lá poderia fazer contatos para passar, depois, outros seis meses em Paris. Pesquisaria, enriqueceria o trabalho com o relato da sua experiência extraordinária na Universidade, e tencionava até vir a concluí-lo naqueles dois grandes centros acadêmicos europeus.

Cristina se negou, terminantemente. Não havia razão a dar assim de pronto e Lena foi a alegação, passava realmente por momento difícil, a menina, não comia, vomitava muito, se achava feia, não dizia mas se achava, tinha de recorrer a um psicólogo, faltava aulas, recusava o colégio, não pelo colégio, com certeza, por ela mesma, problema dela, fase, coisa da idade, nenhuma tragédia, mas que demandava atenção, exigia, ela, mãe, não podia deixar a filha naquele momento. Falou muito, hesitando, exagerando e atropelando as palavras, decidida a não ir mas inventando razões na hora, surpreendendo o Professor.

que não estava a par do que se passava com a filha, pensou que a atribulação da Universidade o tinha feito descuidar-se da família, bem compreendia, mas surpreso, até com o grau de descuido, de alienação dele, nem de longe imaginava que Lena estivesse assim tão ruim psicologicamente, estava magra, sim, visivelmente abatida, feiosa e desanimada, mas não sabia que chegava a tanto, surpreso, sim, surpreso também com Cristina, ela que gostava tanto de viajar, adorava a ideia de ir à Europa, passar três meses na Bélgica, no coração da Europa, de repente podiam até levar Lena, chegou a dizer, mal nenhum em perder um ano de colégio, podia até frequentar um colégio em Louvain, Cristina gaguejou mas achou que seria um risco muito grande, enfim, surpreendeu-se o Professor, pasmou, e mais, pelo jeito de falar de Cristina dava para perceber que havia outro motivo, o Professor era um homem sensível, intuiu, não podia saber o que era mas havia outra coisa, raspou-lhe a lembrança a carta ignóbil, que nem sequer havia lido até o fim, agora era certo que qualquer coisa havia por ali, mas ele nem queria saber, ela que ficasse com os motivos dela, era independente, ele iria.

E foi.

Pensou naqueles dias que, em todo o episódio maior, do princípio ao fim, um dos mais relevantes de sua vida, mais frustrantes, mais tristes, porém mais significativos da sua vida e, por conseguinte, da vida dela também, como era sempre, a participação de Cristina havia sido nenhuma, quase nenhuma, no episódio, uma advertência aqui, outra ali, nada daquele interesse vital que ela sempre punha nas atividades dele. Claro que aquilo tinha a ver com o final frustrante, pensou, pensou, escreveu uma carta para ela sobre o que pensava.

Cristina leu e engoliu fundo uma sensação de desconforto, uma náusea, ele tinha razão, ela o tinha traído naquele ponto, não por ter um amante mas por ter abandonado o marido numa encruzilhada tão arriscada e importante para ele. Sofreu. Um sofrimento que botou um travo nos encontros seguintes com Francis. Mas nem de longe sabia que Francis, dali a pouco mais de um mês, diria que não queria mais saber dela, jogando-a de novo num poço fundo em desespero. Outra vez depressão, não, nunca mais, agora tinha mais preparo, passada uma semana de desorientação, conversou com a Doutora Zélia, telefonou para a Bélgica e disse que ia, tinha resolvido, estava saudosa e com enorme vontade de estar com ele na Europa, Lena estava melhor, estava assistida por uma boa psicóloga e ficaria na casa dos avós.

No avião, do Rio a Paris, quase não dormiu e ficou pensando em Francis, pensando com pureza de mágoa o que havia pensado tumultuadamente nos últimos dias, o desgosto fundo do repúdio, o quanto havia chorado sozinha, sem poder compartilhar aquela infelicidade aguda, dor, sim, dor física de machucado, o repúdio em si era uma violência sobre o ego de qualquer mulher, e o ego parece que tem um nódulo físico dentro do corpo, perto do coração, mas não só o repúdio, o desgosto também da perda do prazer que aquele homem lhe dava, como era importante, condição essencial de bem-estar físico, ter uma relação sexual boa, completa, de gozo profundo, coisa que não era fácil, ela já nos trinta e muitos, só havia conhecido esse gozo completo com Francis. Havia amado Francis, sim, pensava nele nas horas do dia, procurava mostrar-lhe esse amor, dava presentes para ele, caneta, relógio, gravata, mimava-o porque amava-o. Talvez não tivesse sido a maneira mais adequada de mantê-lo como amante. Mas. Agora não mais, não adiantava ficar pensando que ele podia voltar a procurá-la, conhecia-o, sabia, o jeito dele no dizer mostrava uma soma de cansaço e de outra razão também inconfessável, talvez maior, mais grave, nada daquilo que disse sobre a própria mulher, não era homem de se preocupar com a mulher de casa, às vezes desconfiava que nem existia essa mulher de casa, era coisa bem outra, mais do interesse dele mesmo. E então ela também havia cortado, brio vivo, para si mesma havia cortado, com certeza, agora não mais, nem que ele quisesse outra vez, havia a consistência mais interior dela traumatizada e intumescida, a alma machucada, aquele nódulo inflamado, nunca, não queria mais, havia de aparecer outro, nunca teria uma relação de sexo igual àquela com Edgard, sabia, nunca, mas havia de encontrar outro parceiro, Edgard jamais seria estorvo à experiência de outros amores. Viria. Tempo, agora precisava de tempo, e dois meses na Bélgica caíam do céu. Caíam também como tempo de reparação do mal que havia feito a Edgard, com a sua desatenção.

Oh, que torrente de ternura subiu do peito e sufocou-lhe a respiração: Edgard ali do outro lado do vidro, no aeroporto, sua figura longilínea, elegante, sorridente, segurando um buquê vermelho.

Foi um tempo de fusão nuclear de seres, para os dois. Era maio, o ar propiciava, eles já conheciam a vida e a alegria do carinho, bem maduros para sorver belezas e carícias da cultura e da natureza, mergulharam na Bélgica, em Bruges, em Gant, em Antuérpia, em Bruxelas, decidiram passar o fim da primavera em Paris.

O Professor havia escrito toda espinha dorsal do seu livro, com a cabeça, o capítulo da vida, do milagre do amor, praticamente pronto. Podia parar, deixar sedimentar, para retomar o trabalho no Rio. De fato, retomou meses depois, quase um ano. De retorno, teve de se apresentar na faculdade, já em agosto, depois das férias de julho. Ronaldo era o novo chefe do departamento, tinha respeito por ele, era um professor responsável, aplicado, e não tinha exercido uma carga muito forte de oposição a ele, no projeto da multidisciplinaridade. Celso Prates era um cara de muito bom-senso, facilitava a reentrada na convivência. Claro, nunca mais a mesma, Edgard era uma figura à parte, mas entrava e saía sem constrangimentos, até podia conversar vez por outra com alguns dos velhos colegas. Ronaldo sugeriu que ele cuidasse dos alunos de pós-graduação, fosse um orientador geral, mesmo não sendo ele um pós-graduado, era uma espécie de doutor honorário. Reconhecido.

Bem, aceitou. E passou a encarar a pós-graduação com uma vista diversa da que tinha, como algo verdadeiramente importante para os que intentavam a atividade do magistério, o aprofundamento, o mergulho mais profundo no saber feito organizadamente.

Mas o livro foi retomado. E muito refeito. Relido, repensado e todo refeito. Não seria mais trajetória do aperfeiçoamento do alfa da vida ao ômega do homem, fundado numa base filosófica que priorizava a existência da força da vida, e das forças da vontade e até do orgulho na fase já humana dessa evolução, do ser que recebe dignamente a ancestralidade biológica, busca e consegue avançar na característica que o distingue, a excelência intelectual e moral, conscientemente, desenvolvendo o esforço de apuro e encontrando a realização, a felicidade nessa consecução contínua. Não, revia tudo, completamente. O livro seria a trajetória pura do amor, a materialização da transcendente força do amor, através de múltiplas formas de manifestação, o amor gerando no cosmos a matéria a partir da energia, e gerando depois a matéria complexa, até a complexidade da vida, e seguindo em frente, atuando, continuamente, na filogênese dos animais, até os mamíferos, os mais amorosos, o amor, a força do amor, a força universal, cósmica, do amor, isto é, Deus.

Reescreveu, em dois anos. Guardou o texto. Releu-o tempos depois e cortou rebarbas, cortou muito, deixou-o repousar e tornou a trabalhar nele, sempre pedindo a opinião de Cristina, a cada passo. Cristina não tinha a luz do iluminismo, do enciclopedismo, mas tinha a do sensor que lhe faltava, a ele, a da ultrassensibilidade, a finura da percepção pronta, imediata, isso está bom, isso não está, aqui está repetitivo, aqui difícil de entender, um saber mágico que ela tinha, e ele acatava, em dedicação praticamente total, o encargo dos doutorandos não era grande, não precisava inventar mais novidades para cada aula. Pensava no livro, sua vida, o livro da vida. Ficou pronto. Esperando só a disposição de publicar, de procurar um editor. Esperando. Esperando.

Pois sobre Francis é que eu não consigo falar com agilidade, com desembaraço, e a razão não se vincula ao fato de ser ele um policial. Claro que a sociedade, os pais e os outros todos incutem em cada um de nós, desde criança, um certo medo de polícia, e uma certa aversão, por conseguinte, à autoridade que pode prender, e que pode bater, era assim quando eu era criança, podia bater. Matar, não, naquele tempo a polícia não matava facilmente, o medo era da brutalidade quase certa, da prisão e da borracha de bater, dura. E disso resulta um sentimento difuso e permanente que se manifesta como um certo desconforto de qualquer um diante de um policial. Mas não se trata disso, quando digo que não tenho a mesma facilidade para falar sobre Francis; o motivo é outro, ou pelo menos há outro motivo muito forte, mais forte, que vem de um desejo abafado de que ele não existisse, ou não tivesse surgido no meio da existência do meu casal amigo. Porque a figura dele me causava repulsa e inveja ao mesmo tempo, sim, claramente, inveja verde do seu poder de macho. Ciúme, também, claro, até principalmente, ciúme verde-escuro por ter sido amante de Cristina, o homem de Cristina, meu amor de jovem, meu primeiro amor, posto lá no fundo do coração e preservado o quanto possível ainda em pureza. Ele foi o profanador, o cínico, o grosseiro, atrevido, que comeu aquela mulher celestial, bestialmente, que a iludiu, mais, que a rebaixou com incitações demoníacas, e levou-a para a cama, e fê-la gostar da imundície que fazia, fê-la gozar desbragadamente, de forma animalesca, ela, a delicada mulher minha querida, fê-la sofrer e chorar quando se cansou e abandonou-a amarrotada.

Ah, que puta raiva!

Que repontou com toda a força, cresceu e permaneceu como ojeriza por tempos e tempos, até as curvas da vida se arranjarem de outro jeito e eu descobrir seus lados humanos, quem diria. O fato é que pesquisei, verrumei e achei que o havia conhecido razoavelmente bem, além do que Cristina certamente conhecia, seu verdadeiro caráter. Bem, mas isso foi bastante depois.

Foi esta revolta de ciúme, portanto, que me trouxe maior dificuldade para falar dele, não tanto a figura de policial. Nunca senti mágoa nenhuma ou qualquer inconformidade, nem de leve, já o disse, com o saber, durante tantos anos, que o Professor, um homem de sensibilidade, de grandeza, de elegância, trepava com ela, minha querida, licitamente, sua esposa, delicadamente, respeitosamente, porque era o seu modo de ser, merecidamente, eu até diria, ele, o marido; mas aquele cavalo debochado?!

Desculpem, chega de falar disso, vai ficando chato, ademais, quero ser um escritor, e o escritor nunca deve expor seus juízos, seus sentimentos com respeito aos personagens, criaturas dele. Não deve usar nunca essa linguagem imprópria para designar alguém que aparece em sua história. Depois, tem mais, eu vim a descobrir, muito mais tarde, que ele, o Francis, não era tão ruim assim. Já disse isso, então, desculpem. Falarei dele profissionalmente; coloquei-o como um dos autores desta carta porque tinha de ser, pelo destaque que teve na história do casal. E toda história que se preza precisa ter um bom filho da puta como personagem. Desculpem, mais uma vez, insisto, não posso falar assim. Não o farei mais.

A essência de um policial, do ser policial, penso, é o gosto e o senso, a capacidade de conhecer os outros assim logo num repente, de ver logo o bandido e o mocinho, o cara direito, e guardar de memória o rosto e o nome de cada um visto uma vez, e mais, ou a mesma coisa, a acuidade no conhecer rapidamente o corpo e a alma das pessoas, pelo faro, avaliar bem a força e a fraqueza das pessoas, física e moral, os detalhes e as sutilezas dessas qualidades, e administrar esse conhecimento para obter informações, saber da vida dos outros, o que fazem, o que fizeram, o que pretendem fazer, o que potencialmente podem fazer. Um tipo útil, por conseguinte, imprescindível em qualquer sociedade. Mas a agudeza de observação que desenvolve nesse trato faz que não seja difícil para ele captar e explorar, por exemplo, o anseio de uma mulher pelas realizações no sexo. Isso também ele capta em todo o campo das atividades e das necessidades humanas, das misérias, privações, aflições, desgostos, ânsias do ser humano no dia a dia, diante dos outros, convivendo e se confrontando com os outros, amando e odiando os outros, até ao ponto do descontrole. Todo dia, o policial vê, anos e anos, todo dia se defronta com os sentimentos e as contrações das pessoas, expostas ali diante dele, inermes, despojadas, sentadas diante da sua mesa e da sua cara, com pejo ou sem pejo, com medo ou com sofrimento.

Deleite dele, do nosso policial Francis, quase sempre para deleite pessoal, com nuance em cada caso, porque esse gosto cresceu e se refinou dentro dele, como acontece frequentemente com outros profissionais deste mister. Óbvio, há os que se diferenciam e se confrangem um pouco, mas até mesmo esses criam, acabam criando um calejamento profissional de rudeza necessária diante dessa miséria alheia.

Francis tinha esta rudeza na face, que era de traços fortes, de pele dura e branca, grossa e bem marcada pela acne da adolescência. Mas os traços fortes, retos e bem proporcionados, com secura de homem, os cabelos abundantes e levemente ondulados, e o olhar firme, autossuficiente, de autoridade assumida, o conjunto exercia um magnetismo sobre as pessoas, especialmente sobre as mulheres.

O tempo da valorização da eficácia, que é o de hoje, dos resultados positivos na competição permanente, reforça o prestígio dos homens diretos, objetivos, que não se perdem em delicadezas ou galanterias supérfluas, que não se usam mais, e vão diretamente a proposições e ações, parecendo competentes. E que acabam, objetivamente, sendo mesmo competentes. Cristina era mulher do tempo, mulher moderna. E o corpo gritou dentro dela, uivou de desejo quando Francis falou curto e grave ao telefone, como se estivesse ali diante dela, os olhos firmes postos nela, no corpo dela. Ele sabia, tinha segurança no falar.

Era um dos "homens de ouro" da polícia. Tinha prendido o "Cara de Cão", facínora de manchetes dos anos sessenta, que atuava na Baixada e no Rio, caçado por todos os lados e preso em Governador Valadares, numa operação espetacular, com a presença de um repórter que fotografou o ato, processo todo arquitetado e produzido por ele, Francis, delegado de Meriti, desde o momento em que teve a informação precisa de um X-9 que era só dele, operação tão sigilosa que não teve o conhecimento nem do diretor da Polícia Civil, processo que lhe valeu fartas loas de heroísmo e competência na imprensa e na base da polícia, e o rancor definitivo da cúpula escanteada e ressentida.

Tinha aura, e era seguro no que fazia e no pouco que falava.

Quando foi encostado na delegacia da Gávea, não reagiu à represália, aceitou até com certo aprazimento. Encostado na delegacia mas prestigiado, falado em toda a polícia. Cumpria uma espécie de pena disciplinar virtual, por ter feito o que fez passando por cima dos superiores, mas ficava visto pela maioria como melhor que aqueles superiores apequenados, invejosos. E afinal era no Rio o encosto, não tinham tido coragem para mandá-lo para o interior, e era na zona sul, coisa fina, sinal de respeito por parte deles.

Teve porém um segundo tranco bem depois, que foi muito pior, muito mais forte, que o pôs praticamente pra fora da polícia, para uma comissão de nada, de escanteados por corrupção, coisa sem brilho nenhum, ao contrário, coisa malafamada, malfalada. Aí, sim, punição de verdade, de cortar fundo na carne da moral, não podia ser mais grave, na polícia todo mundo sabia o que era. E punição por quê? Ficava aquilo no ar. Pensou duro, na hora, no dia inteiro, cogitou no mais duro, o confronto que ele sabia fazer, mais que o outro, que agora estava por cima mas era um poltrão, confronto de homem, pensou em vida ou morte mesmo, tal o estado de revolta, coisa assim de honra, duelo de homem, tal a indignação, a raiva roxa, que não foi de minuto nem hora, raiva de dias, de semana, para sempre, sabia que não podia esperar muita volta política naquela altura avançada da vida profissional, eram os anos finais. O confronto limparia a ficha diante dos colegas, deixaria consolidada para sempre a força do nome. Duelo de tirar as calças do outro, deixá-lo de bunda de fora. Pensou e quase foi às vias. Mas pensou pela segunda vez, podia resvalar no ridículo, essa era a questão, Deus livrasse, ou numa cadeia braba, manchetes negativas de jornal, acusações falsas, fazer público o fato que era só da categoria, sujar no geral, ir ao linchamento moral. Impulsos e consequências, pensou mais três dias inteiros, pensou mesmo, fundo, e resolveu não bater cheio de frente, ainda podia mudar alguma coisa, a começar pelo governador, política sempre mudava muito. Podia o Aurélio escorregar na banana da desgraça também, muita denúncia corria agora pela imprensa, muita CPI na Assembleia. Deixou o confronto pra lá, doeu nos ossos, na alma, doeu muito no imo, mas ele era duro na queda; aguentou.

Friamente aceitou, porque era a única alternativa, o momento não era dele, o secretário e mesmo o governador estavam envenenados, e até o deputado Lino, seu aliado de sempre, até o deputado, bem, tinha de aceitar, racionalmente, e não cair no ridículo nem na lama da imprensa, Deus o livrasse, mas foi ao gabinete do diretor, tinha de ir, pelo menos isso, não movia briga inútil e perigosa, duelo de macho, mas não era homem de sair de cabeça baixa, isso também não, mostrava quem era, beirava o confronto pessoal, físico, pelo menos via a cara do Aurélio, queria ver a cara, olho no olho, e conforme a cara, bem, conforme, não sabia o que podia dar. Não pediu licença nenhuma na antessala, a moça e o moço do gabinete olhando embasbacados, abriu a porta e foi entrando, chegou perto do homem sentado e disse na cara, do outro lado da mesa: "A vida dá volta; hoje eu perco, amanhã eu ganho; e não vou me esquecer de filho da puta nenhum, como você." Só isso. Era o bastante. Rodou as costas e saiu como entrou, o outro ficou olhando com espanto aquele inesperado, uma espécie de pavor se mostrou ali inteiro, naquela cara branca de babaca. Ele não viu porque não olhou para trás, mas sentiu no clima. A antessala em paralisia e silêncio. Saiu. Francis ainda tinha aura.

E a vida entretanto não deu mais volta, era tarde e Francis não retornou. A Comissão não concluiu nada, nenhum relatório, nem começou, não era mesmo para começar, ele completou o tempo e se aposentou. Amargo. Corroído. Encanecido, a pressão elevada exigindo remédio continuado, a sensação da velhice ocupando um espaço crescente, a força do sexo desaparecendo.

Tinha de reagir, possuía reservas de ânimo, era homem animoso, vendeu toda a frota de táxis na qual havia aplicado boa parte do patrimônio amealhado, dava trabalho e chateação administrar aquela merda, cobrar dos motoristas sacanas que sonegavam, cuidar da manutenção dos vinte e cinco carros, resolver problemas no Detran, lidar até com familiares que ele ajudava, os caras não tinham expediente nenhum, eram muito broncos, consertar defeitos, barganhar com a oficina, coisas pequenas mas muito aborrecidas que não se compensavam no rendimento, tudo se somando na corrosão da alma. Contratou Paulinho para ajudá-lo e se arrependeu. Vendeu tudo e aplicou onde já havia aplicado a outra parte, em imóveis e no mercado financeiro, também não queria mais aquele negócio de bolsa que subia e descia, dava chateação, todo dia a ver cotações, não queria mais tensão nenhuma, só ficar indo à praia de manhã, morava no Leblon, seu bairro preferido desde há muito, agora no quarteirão da praia, e ouvindo ópera de tarde; de noite um chopinho amigo no Bracarense, com o César ou com Lauro, vida bem mansa, tratamento de felicidade.

O tratamento tinha outras vertentes, claro, era receita múltipla, e escrever era uma dessas veredas de cura, quem sabe até a mais importante, naquela altura, pelo potencial de sucessos e de autorrevelação. Escrevia contos curtos de polícia, podia ser uma espécie de Nelson Rodrigues da vida policial, algum jornal podia se interessar, queria apurar o estilo e procurar *O Dia*. Fantasiou um início de coluna semanal e uma represália do Aurélio que exigia do jornal a cabeça dele. Chegou a publicar alguns casos na *Tribuna*, de Niterói, gente sua, mas não dava repercussão.

Escrevia então com regularidade, como atividade terapêutica, e por isso com certa disciplina, como se tomasse uma colher de sopa de tantas em tantas horas, mesmo que fosse amarga. Isto é, não esperava chegar a inspiração, sentava e escrevia toda noite, a inspiração vinha depois de meia hora, mas fechava o computador e não forçava a barra se estivesse muito vazio, ou sombrio, e não saísse nada ao fim de uma hora.

O escritor escreve sobre sua vivência, sua memória, seus sentimentos. Francis quis dizer coisas sobre o pai, o velho enfermeiro que não havia tido tempo para envelhecer, morrera robusto e musculoso como a figura de Afonso Henriques, com sua espada monumental, que guarnecia o hospital da Beneficência. Naqueles dias via-o numa perspectiva positiva, o homem bravo, direito, moral, que formou os filhos no caminho certo, que fazia o bem, salvava vidas, ou ajudava a salvar vidas, completamente diferente da figura que tinha na cabeça uns vinte anos antes, que colocava o pai como um açougueiro, muito parecido com outro português dono de açougue na rua Pedro Américo, branco e liso como o pai, baixo e troncudo, musculoso e irado, de machadinho e facão a retalhar, desabrido e assustador. Pelejou, começou a pesquisar a vida do velho desde que havia chegado ao Brasil, arquivos policiais, talvez devesse ir a Portugal, saber de antes, do jovem que tinha decidido mudar de vida e cruzar o oceano, devia ter família lá ainda. Assim fazem os escritores, buscam, pesquisam. Queria realmente ir mais fundo numa obra de mais fôlego, além dos contos policiais jornalísticos, uma coisa mais literária e consagradora.

Bem, podia escrever sobre a figura benfazeja da mãe, seu sopro carinhoso e vivificante, suas mãos doces de Nossa Senhora. Pensou, sim, porfiou. Não alcançou.

Bem, podia então contar de sua primeira família, primeira e única, a mulher e a filhinha, a graça, a inocência. Havia tido esse intervalo são de vida, de juventude, apaixonado casara-se em Itaperuna, seu primeiro posto como delegado, com a filha bonita e delicada de um comerciante libanês, e tinham tido uma menininha, Cândida se chamava, o próprio nome da pureza da esposa e da vida que eles tinham, a pequena família iniciante, o sogro benevolente e generoso. E a menina havia morrido antes de fazer cinco anos, de leucemia. Assim, de repente, começou a ficar abatidinha, a ter manchas na pele dos braços e das pernas, de repente, o médico pediu o exame de sangue, oh, nem depois de tanto tempo sentia menos dor. Cada vez que se lembrava a dor voltava. Que tremenda injustiça da vida. De Deus. Aquilo havia sido mais que um choque brutal, uma amputação de parte vital da alma, a luta contra a doença, o sofrimento e a exaustão dia a dia, o definhamento da menina ali diante deles, impotentes, ah, maldade funda, um sinal, um sinal de cima, só podia ser, pois que não cabia outra explicação, não dava entendimento, era um aviso de aniquilação, desgraça, começo de uma derrocada braba, ficou naquele pensamento fixo, esperando calamidades consequentes àquela mensagem tenebrosa vinda do alto, mais de um ano na depressão, ele e a mulher, Fátima, até resolverem fazer outro e buscar uma nova bênção, um alívio, não podiam ficar cultivando amarguras pelo resto da vida.

Nasceu o segundo filho, outra menina, outra e nova graça, a enfermeira veio avisar, ele ali na espera, uma nova bênção, sim. Não. Eram um casal mesmo marcado, o aviso tinha sido dado e então confirmado, Fátima morreu horas depois do parto, tão bonita, pálida, delicada, era ela, seu amor jovem, primeiro, uma hemorragia incontrolável, ou barbeiragem do hospital de Itaperuna, não sabia nem queria saber, era uma tristeza definitiva e inacabável. Não podia continuar ali, no cenário trágico, uma cidade apoucada em tudo, pediu para ser transferido e foi para

Barra Mansa, melhor, outra paisagem, clima não tão quente, a menininha ficou com a avó, dona Renata, mãe de Fátima.

Não, tinha as recordações todas, mas não conseguiria escrever sobre elas, ia sair uma espécie de choradeira triste e revoltada, sem estilo, sem graça nenhuma para os outros, uma coisa só dele, de mais ninguém. Não dava.

Talvez dos tempos seguintes, em Barra Mansa, fez tratamento no Rio, ia e vinha, tomou antidepressivos, e ficou bom, a vida o curou, o trabalho, o envolvimento nas coisas, outras mulheres também, tinha figura dura e talhada de homem e as mulheres emergiam dos dias e das noites. Nunca mais foi a Itaperuna, nunca viu o túmulo da esposa, e passou quase nove anos sem ver a segunda filha. Puseram-lhe o nome Rebeca, iniciativa do sogro, que havia visto o filme em Campos sem nunca mais esquecer.

Mas não conseguia compor nenhuma história de Barra Mansa que não fosse um típico caso de polícia. Nem, muito menos, da vida posterior no Rio, já como delegado de São João de Meriti. Então, talvez, pensamentos, um livro mais filosófico, tinha lido alguns filósofos e tinha material de sobra, na sua vida, para escrever sobre a vida.

Ou não, pensando de novo, cada um é melhor na sua, ele tinha tudo para ser mesmo um escritor de contos policiais. Agora, depois de tanto tempo desenrolado na lida áspera, era tempo de arte, uma atividade de espírito.

Não tinha queixas das vicissitudes da vida de trabalho, só mesmo desta última do Aurélio, do mau-caratismo humano que o vitimara. Entretanto, este final meio solitário, etapa última, era realmente um tanto triste, depressivo, não exatamente como a depressão daqueles primeiros dias em Barra

Mansa afundados na tristeza, depois do choque de Itaperuna; não tinha o bafo da tragédia mas o descoroçoamento pesado da velhice, da lentidão da velhice. O tempo da velhice era diferente, mais largo, arrastado. Aristóteles, sim tinha lido coisas de Aristóteles, ele definia o tempo como a contagem do movimento; e os movimentos do velho são lentos, ele olha, escuta, recorda, pensa, quanto tempo falta? E o vai ralentando, raleando, esticando, contemplando o tempo. Tinha de ter então outro modelo de tratamento antidepressivo, remédios diferentes. Sim, ia escrever porque era a hora, e era o melhor remédio, adequado à circunstância, ao metabolismo da velhice; ia pôr no papel o velho talento, como arte e como tratamento. E na clave que era a sua: a dos casos de polícia. Podia começar com um caso bonito e agradável, o seu romance com Cristina deflagrado na delegacia da Gávea, relato no qual se jogaria com arte e com prazer redobrado. Era o que ia fazer.

Sim, mas havia outra dimensão a recuperar, as meninas: Rebeca e Ana Paula, filha e neta.

Tinha na memória a primeira vez que havia visto a segunda filha. Sim, a primeira vez; quando a deixou em Itaperuna, quase não a tinha olhado no berço. Então, sim, foi quando a conheceu, era o ano de sessenta e um, era delegado em São João de Meriti e já morava no Rio, na Humberto de Campos, no Leblon, um bairro ainda bem de classe média simples, longe do centro, sem luxo nenhum. Antes que se perdesse de todo para ele, quis ver aquele ser que continha o sopro dos genes dele. E Rebeca veio, trazida por Suzana, uma tia, irmã de Fátima, entrou e pôs nele os olhos castanhos e doces como eram os de Cândida, que ele jamais tinha esquecido, como eram os de Fátima, iguais. Ele se agachou, estendeu as duas mãos e ela se encaixou no abraço meigo, menina, jamais deixaria de sentir o momento, a doçura daquele abraço, a expressão mais pura, os cabelos também castanhos e lisos, repartidos no meio, um pequeno arco douradinho prendendo-os, ele sorriu de encanto e ela custou um pouquinho mas sorriu também, era seu pai, ela sabia, tinha visto fotografias, nunca tinha perguntado por ele mas sabia, agora o estava vendo, o estava tendo, aquela outra experiência de carinho que passava pela presença dele. Suzana pretextou uma amiga por rever e deixou-a só com ele, e ela confiou, Rebeca, não protestou. Marcaram que a tia a pegaria de volta às cinco da tarde; era antes de meio-dia.

Foi um dia de reencontro com a vida, não foi à delegacia, claro, tomou um hausto de ternura de menina que durou horas de um tempo enorme. A menina, dada como uma graça, a menina dele, nem podia imaginar, aquele jeitinho de meiguice que se foi desabrochando com o passar da primeira hora, o jeitinho de falar que ele ainda não conhecia, não tinha tido aquela menina dele, só agora, como tinha sido possível? Havia previsto silêncios dela, palavras arrancadas, certo repúdio até, a desconfiança natural das crianças. E nada, foi só abertura e felicidade, Rebeca, a menina dele. Levou-a ao restaurante, levou-a a passear na praia, disse que da próxima vez iria com ela mergulhar no mar, que ela antes não tinha visto, ia adorar, comprou-lhe o melhor sorvete, disse que queria muito que ela viesse muitas vezes, que passasse uns dias ali com ele, perto da praia, que fosse ao cinema com ele, que fosse passear no Jardim Botânico, conhecer o Jardim Zoológico, subir no Pão de Açúcar e no Corcovado de trenzinho pela mata. A menina, Rebeca, sua menina, seu encanto repentino.

Aquela maré de amor subiu de tal maneira dentro dele, depois que ela se foi, que pensou em tê-la consigo, tê-la morando, vivendo com ele, o homem só. Renunciaria a toda outra espécie de vida, mulheres de ocasião, chope de amigos, o cacete, abriria mão pela menina ali, podia até se casar novamente, para que ela tivesse mãe. Besta pensamento, mas passou pela cabeça enleada ao redor de Rebeca. Foi a Campos, tomou o ônibus e foi, uma viagem penosa, uma estrada longa e esburacada, mas foi, procurou a sogra, o sogro havia morrido recentemente, e, com muitos rodeios, disse o que queria. Não falou em direitos de pai, não, não era uma questão de direito mas de afeto, falou delicadamente, não queria mais viver sem Rebeca.

Foi uma choradeira. Dona Renata, viúva de pouco, ainda chorosa, tinha tido a intuição, tinha inventado modos de adiar o encontro da filha com o pai porque de dentro lhe vinha o aviso de que Francis ia querer a menina. Pelo encanto de Rebeca, que ela sorvia bem. E, para ela, perder a menina era perder o que restara da vida, era a morte. Rebeca tinha saído aquela tarde acompanhando a tia, que também morava com elas, estavam os dois um frente ao outro, e foi que Francis amoleceu, isto é, foi amolecendo à medida que sentia a dor da sogra de sessenta anos, Dona Renata, sim, a sogra que era boa, também um reencontro, ele se lembrava muito bem dela, do marido falecido, uma lembrança benfazeja. Foi compreendendo, também, o quanto seria difícil, ele solteiro, trabalhando pesado, longe de casa, cuidar mesmo da menina. E casar de novo, só para ter em casa uma mulher que cuidasse, era uma insensatez, em três meses estaria jogando a mulher pela porta afora. Tudo isso, aliás, havia já pensado na viagem, olhando a paisagem pela janela do ônibus, sentindo o cheiro da cana.

Bem, ao fim ficou dito e prometido que, uma vez por mês, Francis veria a filha, um mês ele viria a Campos, outra vez ela iria ao Rio, passaria o fim de semana com ele, na casa dele. Mandaria dinheiro também, a morte do sogro tinha piorado a situação da velha, Rebeca estava no Nossa Senhora Auxiliadora, colégio caro, o melhor de Campos, a avó queria mantê-la, e ele, até então, nunca tinha mandado um tostão. Feito o trato.

Claro que não foi cumprido à risca, a vida dele era uma atribulação, metido com a bandidagem bruta da Baixada. Crescia em nome, fazia o nome, mas ralava um expediente pesado, mesmo em fins de semana, não tinha pausas, e poucas vezes conseguiu voltar a Campos. Rebeca vinha, de quinze em quinze, às vezes de três semanas, até um mês, mas vinha na sexta, ficava um sábado e voltava no domingo; enfim, era o possível, o amor se foi mantendo assim, ele o pai, ela crescendo.

Agora, era a velhice de fato, assumida, aposentadoria fraca mas patrimônio forte, feito nos bons anos ativos da polícia, tinha renda para a dignidade. Tratava-se. O tratamento pedia ainda mulheres, óbvio, não há felicidade para o homem se não houver mulher, mesmo após os sessenta. Ainda dispunha de amizades femininas, sua função de cama, atuante, havia deixado boas recordações e alguma afeição sedimentada. Mas tinha agora novas relações, que cultivava com mais gosto, com preferência mesmo sobre as antigas, uma mudança. Eram mulheres simples, sem sofisticação de tratos e penteados, trabalhadoras, cheias de vitalidade na cama, a cozinheira, branca, gorducha de cara redonda e olhos verdes, bonitos, quente de vida, só tinha marido nos fins de semana, e nos dias do meio atendia o chefe com prazer quando ele quisesse. E a arrumadeira, mulata escura de boca sensual e peitos rijos, uma graça de mulher, gostava dele, gostava de dar para ele, aquele homem velho e ainda masculino, gostava de receber os presentes que ele dava. Tinha ainda uma guardadora de estacionamento que fazia ponto no quarteirão, mulata também, mais clara, mais alta e mais cheia, bonita de face, nariz afilado e caprichoso, usava brincos de argola, era casada, morava em São Gonçalo e podia se encontrar com ele às segundas-feiras.

Eram preenchimentos de vida, meio forçados, naquela fase final em que é difícil ser feliz, exatamente porque é a final, tudo se mistura com a consciência do fim cada vez mais próximo. O fim da felicidade: o fim do ver a vida, a felicidade é o ver a vida passando, belezas e feiuras, a vida, respirar o ar fresco da vida que entra inspirado e que anima.

Bem, a outra dimensão forte da receita de Francis, agora na fase última, foi novamente uma menina, desta vez a doçura de Ana Paula, a neta, o mesmo gosto suave e doce de Rebeca, levemente perfumada, muito parecida a sensação do contato com ela com a que havia tido com Rebeca no reencontro, o encanto repetido na mesma clave, a menina tinha o condão que só as meninas têm, as fadas são meninas, a menina suave de olhos castanhos um pouco mais dourados que os da mãe, tão bonitos de luz, que se dava a ele em mansidão, falando aquela fala pura de menina campista, a mesma da mãe quando menina. Passeavam, iam à praia, tomavam sorvete, iam ao cinema, Rebeca passou a morar no Rio com o marido que era daqui, trabalhava então, era redatora de uma revista feminina, escrevia muito bem, o legado do bom colégio de Campos, e tranquilizava-se deixando Ana Paula com o avô, uma relação que dava gosto ver. No mais, no mais era tão pouco, era o pensar sobre a vida e a felicidade, coisas da mesma espécie, a felicidade está no viver, e meditava, ele tinha tido estofo de vida, tinha mordido a maçã do conhecimento das coisas e dos valores humanos, tinha sido feliz apesar dos momentos de treva, achava, filosofava, o ser humano filosofa, mesmo que não tenha disso consciência, sim, e lia muito também. E escrevia, praticava, tentava, não desistia.

E pensava na morte. Inevitável.

Francis era meu sogro e não era mais um bruto. Eu via-o de outro ângulo, com outra luz, tinha me casado com Rebeca. Sim, eu mesmo, o autor. E toda esta novela veio daí. Fui contratado para fazer um estudo de viabilidade de um projeto de irrigação da lavoura pela cooperativa dos produtores de cana de Campos. Passei um mês na cidade. Incrível aquela cidade, com o tipo bem exibido de centro decadente, no aspecto degradado das casas e das ruas velhas e estreitas, e também das pessoas, que pareciam viver ainda de um fausto passado há cem anos, cultivando modos, hábitos, chapéus e até palavras de uso antigo. Decadência dos empresários também, meu estudo revelou ao primeiro relance a acomodação aos hábitos de dissipação e desordem que era quase geral entre os usineiros, que tinham status e patrimônio, e viviam esbanjando o patrimônio, sem nenhum traço da disciplina dos produtores.

E conheci, no primeiro fim de semana que passei lá, conheci Rebeca, moça clara e feminina, e especialmente delicada, numa festinha de todo sábado num clube familiar, só de elite, aquela coisa bem provinciana mas, oh, me arrebatou imediatamente. Pretendia voltar ao Rio a cada quinze dias, alternar os fins de semana para não ficar cansativo, e não voltei mais. Voltei, sim, muitas vezes, a Campos, depois que encerrei o trabalho de campo, voltei só para ver Rebeca, namorá-la. Um namoro comportado, no velho estilo campista.

Em quatro meses estávamos noivos, com a concordância da velha avó, dona Renata. Sabia que a mãe havia morrido, não sabia quem era o pai, só sabia que morava no Rio e tinha sido consultado, disse que sim em princípio mas que queria me conhecer. Procurei-o no Rio, um encontro formal em sua casa no Leblon, um café servido e uma conversa típica dessas horas. Soube que tinha sido da polícia e estava aposentado. Aposentado com bom nível de consumo, tirei logo minhas conclusões, que evidentemente guardei para mim.

Claro que depois nos encontramos muitas vezes, Rebeca veio morar comigo e quase todo fim de semana víamos o Doutor Francis. Relação sogro-genro eu diria normal, um tanto cerimoniosa, a tal diferença de gerações tão condicionante nessas relações, eu sempre com uma ponta de desconforto, ele nunca falou de polícia, nunca mencionou nenhum episódio. Era generoso, sim, levava-nos para jantar em restaurantes de primeira que eu nem conhecia.

Casamo-nos lá em Campos, a avó fez questão, na grande Matriz da Praça São Salvador. Ele foi, claro, levou a filha no braço ao altar, e eu ainda não sabia nada de sua história, nem de longe, Rebeca sabia pouco, claro que nada sobre Cristina.

O homem vive, sim, sob o encantamento da mulher, que é a sua devoção. Que coisa estupenda de banal. E a recíproca vale para a mulher, o que não era tão óbvio até pouco por causa da dependência, da servidão da dependência; há poucas décadas essa realidade se veio desvendando depois de milênios de encobrimentos. Foi a maior revolução, signo do século. O jugo e o abafamento foram tão duradouros e tão profundos que tornaram difícil distinguir o que é caráter, natureza da mulher, transmitida geneticamente, do que é forjado pela sujeição e transmitido culturalmente. A passividade sexual é um dado, mas que dado? Até que ponto, até que grau? Passiva, a mulher tem que ser atraente, buscar o atrativo que chame a iniciativa do homem para fazê-la gozar, fecundando-a. Passiva, a mulher é recatada, especiosa, a mulher é secreta. Natureza? Possivelmente, mas, e se deixar de ser assim no novo tempo, pós-emancipação? Perdurará o encantamento?

A mulher tem ainda, ademais, e muito forte, e muito óbvio, o empenho da maternidade, num grau difícil de ser avaliado pelo homem, porque é da mulher, só dela. E o caráter sexuado é a mais forte das condições que sujeitam o ser humano. Fica até difícil falar em ser humano porque o que existe na verdade é homem e mulher, rodiziando um em volta do outro numa dança nupcial permanente que é a graça da vida, que quase é a própria vida, e que, na sua animação, gera novas vidas e novas graças.

A realidade, porém, muda tão radicalmente que hoje se tem de reconhecer um terceiro sexo, o homossexual, ao lado do homem e da mulher. Não é impossível inferir os impulsos vitais desta categoria que sempre existiu mas só agora é vivida em liberdade. Entretanto não está feita ainda a literatura deste terceiro sexo. É muito importante que o seja, porque o sexo, a condição sexuada é, de longe, a dimensão mais forte do ser do homo.

E entretanto, que coisa brutal, foi vedado por muito tempo todo esse jogo sexual, como pecado. Os padres ficaram com o gravame, até hoje não podem trepar. Eis então o feitiço da nossa

América, não conhecer o pecado com as Índias era a irresistível atração daquele novo mundo que se abria abaixo do Equador nos mil e quinhentos, mil e seiscentos. Nossa terra é marcada por este fato, aqui o homem era livre para pecar pelo sexo, era esta a característica do homo feliz, a ignorância moral ou a inocência do bom selvagem de Rousseau.

Bem, foi tergiversação minha para falar de Francis. Agora em outra pauta. Pôs-se a escrever sobre esses temas filosóficos. Não sobre o pai, nem sobre a mãe, muito menos sobre a pequena família de Itaperuna. Talvez sobre os casos de delegacia, a começar pelo de Cristina. Mas encetou mesmo no tema da felicidade, como comecei a relatar, e produziu palavras que reescrevia quase diariamente e não vou reproduzir. Não eram as melhores.

Mas a escrita, filosófica e policial, reavivou memórias e puxou um fio enrolado numa parte muito sensível do corpo que ele se pôs a examinar como quem vê um filme no celuloide contra a luz, ficou ali as horas e os minutos, só vendo, revendo a felicidade, até que o calor continuado acendeu a chama da vontade de rever Cristina.

De repente, aquela vontade que cresceu depressa e virou necessidade. Nunca mais a tinha visto, isto é, só uma vez, de longe, com a filha Lena, entrando num shopping em Itaipava, evitou o encontro. E agora, o encontro o chamava com uma força irresistível, estranho, aquilo assim de repente, na velhice. Não, não podia ser assim, refletiu, controlou, iria, sim, mas devagar, sem aquela ansiedade, iria com calma, veria e conversaria com Cristina com vagar e sensatez, só para revê-la mesmo, nada de lamentar a perda, ao contrário, festejar com simpatia o reencontro, pela admiração que ainda tinha por ela, único encontro, só uma vez, diria logo na primeira frase, foi, procurou, não foi difícil, sabia onde ela morava, ainda no Jardim Botânico, não mais na mesma casa, mas ainda no bairro, no fim da rua Getúlio das Neves.

Encostou o carro na borda da entrada de um posto de gasolina que havia na esquina. Desde oito e meia; sabia que toda segunda-feira, como quarta e sexta, ela ia a pé fazer hidroginástica às nove horas numa academia perto dali, na rua Jardim Botânico. Sabia tudo isso porque era um policial, tinha o vezo, e ainda tinha amigos. Ela passou e ele a chamou.

Almoçaram no dia seguinte, ela não recusou; surpresa, aturdida, quase assustada, disse que ia, sim, por que não?, ao Filé de Ouro almoçar com ele. Foi susto, mas foi também um puxão forte de fio íntimo do corpo que a fez aceitar. E aceitou também para abreviar aquele encontro de rua inesperado, aceitou assim sem pensar para pensar depois, dizendo para si, logo depois, que ia pensar melhor e decidir mais tarde, se não quisesse ir, dava o bolo e pronto, não havia satisfações a apresentar.

Mas foi.

A conversa não foi difícil como ele chegou a pensar que seria, como vai pra cá, como vai pra lá, o que anda fazendo, nada de recordações nem de alusões embaraçosas, só o olhar de avaliação de um para o outro, silencioso e demorado, inevitável, podia ter sido constrangedor e entretanto não foi, foi natural, a constatação das imperfeições da pele, a marca do tempo inexorável, a consciência da mesma impressão causada ao outro, mutuamente carinhosos, maduramente, sim, aflorou com nitidez um certo sentimento primo da ternura, disfarçado, claro, nos dois sentidos, era inconveniente, mas afinal eram eles as mesmas pessoas tanto tempo depois daquela junção tão íntima, essas coisas só do ser humano, o ser do tempo e da memória, eram os mesmos, conscientes do seu passado comum, ali reencontrados em circunstância tão diversa, muito diferentes mas eles os mesmos, sim senhor, coisa estranha, depois a conversa objetivou-se, neutra, pediram seus bifes, falaram de suas atividades, e só ao final desabrochou-se uma confissão, ao final, primeiro dele, agradecendo a aceitação do encontro e dizendo da importância que teve para ele, já que com ela tinha tido os melhores momentos de prazer e de carinho de sua vida. Depois, dela, logo em seguida, quase repetindo as palavras dele, tranquilizada pela madureza do encontro, agradecendo o almoço e declarando que havia tido, com ele, os momentos de maior prazer físico de sua vida. Assim, até surpresa com ela mesma de dizer com tanta naturalidade. Confissões em serenidade, de pessoas bem vividas que podiam fazê-lo, um senhor e uma senhora que se olhavam com a simpatia da intimidade feliz que tinham tido, os mesmos, em outro tempo, mas os mesmos.

Eu os encontrei nesse dia, nesse almoço, pelo amor de Deus, que coincidência! O Filé de Ouro era um dos meus preferidos, Francis não devia saber, claro, senão teria evitado, mostrar-se ao genro ali com outra mulher em situação mais ou menos íntima, não que fosse indigna, mas de certa forma embaraçosa. Grande mesmo, entretanto, foi a minha surpresa de vê-los juntos, meu sogro e Cristina, como?! Meu sogro e a mulher que tinha sido o meu arrebatamento de juventude, os dois ali juntos, conversando quase como irmãos, visivelmente ligados, que ligação? Cumprimentei, claro, Cristina não era mais uma pessoa da minha vida, eu ainda me encontrava com o Professor Edgard no Conselho dos Economistas, mas só raramente a tinha visto. E, no entanto, era ela, bem ela, uma pessoa que tinha tido importância emocional para mim. E ela me reconheceu, sim, mas nada sabia da minha relação com ele, ficou sabendo ali, na apresentação, e no espanto dela eu sem querer li alguma coisa em sua face que não consegui interpretar imediatamente. Sentei-me em outra mesa, tinha marcado com Jacob, e eles prosseguiram no seu encontro. Não veio o clarão naquele minuto, só a estranheza, a coincidência bem esquisita, a cisma sem parar de rodar na cabeça, porque é assim, homem e mulher juntos, num encontro que não tem objetivo de trabalho, não podia ter, no caso; encontro que também não tem vínculo de família, não tinha nenhum, homem com mulher assim é sexo, tem a ver com amor, pensei, pensei, preconceito meu? Não, era assim, era, mas como? Ficou aquilo a dar voltas até Jacob chegar e engrenar outra conversa, espécie de alívio, nem sei por quê.

Mas no meio da outra conversa, com Jacob, meio chata, não gosto dessa coisa de marketing, propaganda, que é a dele, no meio da fala arredondada dele, eu meio desatento, veio o estalo, Francis era o amante que levava Cristina à Barra, o homem daqueles encontros que eu tinha flagrado estupefato em São Conrado, veio tudo de uma vez só, tanto tempo, mas a lembrança estava inteira, ele devia ser o cara que eu tinha odiado sem conhecer, que havia desfeito o encanto do meu amor de juventude. Desvendei! Não tinha prova nenhuma, nem qualquer evidência e, entretanto, era ele, com certeza! E o alvoroço, eu conversava com Jacob e revia aquilo tudo, não podia mais conversar, claro, eu não conseguia aceitar mas aquilo me saltava cada vez mais claro, era ele, o meu sogro, pai de Rebeca, sim, um cara esquisito, policial, sempre ligado em mulheres, era ele, não pude mais conversar, era o tumulto da mente, pedi desculpas ao Jacob, para mim não tínhamos nada de importante objetivamente a falar, para ele provavelmente sim, sondava sobre uma possível campanha que gostaria de fazer para o Instituto, pedi desculpas, falaríamos com certeza sobre a ideia dele num dia seguinte, com certeza, cheguei até a encorajá-lo sobre a ideia, voltaríamos a falar, pretextei um mal-estar súbito, ele ficou preocupado, eu o despreocupei, expliquei, estava tomando um antibiótico que me dava aquelas reações intestinais intempestivas, nada de grave, mas aflitivo; e aflito eu estava, agitado, completamente tomado pela descoberta repentina, e saí sem parar na outra mesa, sem me despedir de meu sogro e de Cristina, não sei como interpretaram aquilo, mais tarde Jacob me telefonou apreensivo, contou que eu embranquecera de repente, eu inventei uma queda brusca de pressão junto com a reação intestinal, disse que tinha essa coisa por causa do remédio mas não era grave. Em todo caso, o médico havia suspendido o antibiótico. Oh, como é difícil mentir com competência.

Fiquei ruminando a coisa em tempo de alguns dias. Era absurdo; por quê, não sabia, mas era absurda aquela minha perturbação, e era revoltante a descoberta, também não sabia por quê, mas era. E não tinha com quem dividir aquela comoção, não ia falar nada com Rebeca, claro, não tinha por quê. E quis então pesquisar a vida do sogro, tipo estranho, a estranheza se agigantou, tipo solitário, puto e generoso, bronco mas metido a pensante, metido a escritor, e a fonte para a pesquisa sobre ele ali à minha mão, minha própria mulher, filha dele, pesquisar e escrever sobre ele, sobre Cristina e sobre ele, Francis, meu sogro, o Professor Edgard tinha que estar no meio, claro.

Não deveria haver outro encontro entre eles depois daquele, era o pressuposto na origem. Entretanto, no correr da conversa, já para o fim, ao falar do momento, ela contou a angústia em que vivia, a causa era a saúde do marido. O Professor havia tido uma hepatite grave, uns dez anos antes, e seu fígado estava arruinado, seu estado era de abatimento físico e moral profundo, o Professor estava muito magro, de aparência exânime, e só se salvaria no dizer dos médicos se fizesse um transplante, se ganhasse um fígado novo. E a fila dos que esperavam fígado era de centenas, Edgard era o noventa e quatro, a perspectiva de espera era desesperadora, estavam fazendo menos de dez transplantes por ano, ele achava que não ia resistir. E ela só estava ali conversando normalmente porque acreditava em milagre, e tinha de continuar vivendo, não esperando a morte dele, e acreditava na força interior que ele tinha, o Professor.

As voltas que dá a vida, Francis ficou verdadeiramente confrangido pela aflição de Cristina, claro, mas também pelo próprio Professor, ora, inesperado, de repente aquele pesar que não tinha correspondência nos sentimentos antigos, no desprezo com que sempre pensara na figura de intelectual rebuscado e tolo. Bem, ali, tocou-se, e não só por Cristina, era solidariedade também à própria figura antiga que trazia na memória, aquele homem inútil e bom. Cresceu aos poucos uma ânsia dentro dele. A conversa continuou junto com a ânsia crescendo, a dúvida, se falava ou não falava, e de repente, quase ao fim do almoço, falou, disse a Cristina que talvez pudesse ajudar, se ela quisesse.

Outra sacudidela de surpresa, como?

Bem, não era fácil dizer, não tinha muito bem as palavras, mas talvez fosse possível.

Mas como? Queria saber, claro, queria a ajuda dele sim, era uma questão de vida ou morte para Edgard, ele andava deprimidíssimo, perdendo as forças dia a dia, queria sim, e muito, dissesse, por favor, dissesse como.

Bem, aos poucos, foi dizendo, era o Álvaro, o velho amigo da polícia, talvez ela se lembrasse de referências que tivesse feito ao amigo antigo, enfim, Álvaro, um velho amigo, a mulher dele tinha tido o mesmo problema e conhecia um esquema de furar a fila, lá no hospital do Fundão, difícil dizer, era ilegal, absolutamente, era crime, sublinhou, mas existia, funcionava, Francis falava aos arrancos, era uma coisa muito reservada e constrangedora, muito sigilosa, criminosa, rolava muito dinheiro na manobra, era caro, mas funcionava, não teria dito nada se não fosse por ela, e pelo Professor, acrescentou, e era verdade, bem, pedia o maior sigilo, mesmo que ela não entrasse no negócio, tinha de haver sigilo absoluto, total, ele só tinha sabido por causa do Álvaro, um amigo-irmão, e não queria envolver ou prejudicar o amigo, mas podia perfeitamente abrir o caminho, saber as senhas, se ela quisesse.

Claro! Claro que queria! Era a vida do Edgard, queria, por tudo, por favor!

Bem, dias depois ligou pedindo um novo encontro, não dava para falar por telefone, e marcaram um café no meio da tarde, que foi breve e totalmente dedicado às informações que ele havia obtido. Garantia, o Professor poderia ter o fígado novo, na melhor técnica, do melhor cirurgião, com duas condições apenas, primeira, que tivesse o diagnóstico médico, a recomendação do transplante urgente; segunda, que pagasse duzentos e cinquenta mil reais. Havia uma terceira, evidentemente, o segredo mais absoluto.

O Professor, quando soube, claro, não gostou.

— Oh, Edgard, eu te imploro, é a única condição que me falta, que nos falta, aliás, a nós dois, para uma boa velhice, para um final feliz nosso, de nós dois, juntos, é a única condição.

Bem, não foi fácil, ele não sabia explicitar bem, logo ele, um mestre na explicitação, não sabia bem dizer claramente a razão, não era ética, isto é, a razão era ética mas o sentimento dele não era moral, assim de não querer fazer uma coisa imoral, isso não era o principal, a razão maior era algo quase egoísta mas muito importante para ele, vital, como se fosse a recusa em romper com um esforço de perfeição que ele tinha desenvolvido a vida inteira. Como uma bandeira de vida, de que se orgulhava muito, se orgulhava para ele mesmo. Romper com isso quase no fim, para ganhar uns anos a mais de vida, cinco anos, dez que fosse, era romper com a vida inteira em troca de um tempinho, jogar fora todo aquele esforço essencial dele justamente no final, para ganhar tão pouco, romper uma espécie de juramento íntimo maior para ganhar uma bagatela de poucos anos mais de vida, e de vida velha, frouxa, não, não, não era um cálculo de custo-benefício, era a recusa de um rompimento de palavra própria, um rompimento de coração, de coluna vertebral da vida, ganhava o fígado e perdia o coração, o amor-próprio, o orgulho, a empena da alma, enfim difícil, e, claro, estava, quem sabe, ganhando a sua mas tirando a vida de um outro que também dependia do fígado e tinha o direito de precedência, isso também pesava, claro, esse lado moral, podia ser uma operação maldita, enfim, uma luta, não foi de repente, a primeira resposta foi negativa, custou muito, muito apelo dramático dela, Cristina, foi só por Cristina, que falava com ternura e tinha escrito aquela carta para expressar o seu estado de espírito, estado de amor tão pleno, sem falar nada de saúde, mas talvez nas entrelinhas se pudesse ler que aquele estado amoroso de alma só era tisnado pelo estado do fígado dele, somente, por isso mesmo não mencionava na carta, o resto todo era uma benevolência, tinha escrito com o propósito de incutir ânimo nele para superar aquela deficiência de saúde, para poderem gozar juntos a felicidade, e agora estava ali a oportunidade real, não mais psicológica, não era mais uma questão de ânimo mas de fígado novo, energia nova e real, o ânimo que devia incutir agora era o de aceitar, o de participar daquela manobra que era justa, não podia ser maldita, na medida em que eles mereciam aquilo, do ponto de vista de Deus, pela vida que haviam tido e que ainda haviam de ter, pelo correção de todo o tempo, enfim, ele tinha de aceitar, ela implorava. Drama. Nem que tivesse de escrever outra carta, muito mais candente, só de súplica.

Conseguiu; Edgard acabou aceitando. Por ela, por amor.

Cabisbaixo, submeteu-se a exames prévios, risco cirúrgico, essa coisa toda, quem sabe a maldição se manifestava naqueles exames, expectativa por uns oito dias, Cristina aflita, com medo que ele desistisse, emburrasse e resolvesse não fazer o transplante. Marcou-se o dia, internou-se na véspera.

Oh, tensão. A noite foi um tempo enorme, imensurável, um tempo de consciência humana, que é o tempo essencial do homem, foi um tempo esticado e inquantificável, interrompido por cochiladas suspensas, assustadas, atemporais. Foi um tempo de horas que se desdobrou em outro não só muito maior mas muito longínquo, inalcançável, também de consciência aberta, passado, futuro, uma confusão no espírito.

A noite de Edgard no hospital acabou compreendendo o tempo de sua vida inteira, pai e mãe, o corpo alto, grande, do pai e a suavidade da mãe, das mãos da mãe, essas impressões que se gravam desde o princípio na própria pele, as culpas de menino, o roubo do perfume, e o desenrolar propositado do carretel de linha, as perplexidades, a figura pálida de ódio do negro Waldir, empregado da casa, batendo na mulher, o gosto insosso mas saboroso da comida feita pelas próprias mãos, cheiros também, o laranjal de Corrêas e o cipreste da Castelândia, o tato, a carícia da mãe, um mundo, o seu antigo mundo de vida, selos, a memória antiga, infantil, a saudade, a coisa perdida que era, sim, a perda maior. As coisas ainda não perdidas, Cristina e Lena, bênçãos da vida. Outras memórias, menos antigas, também sepultadas, essas mais teimosas, reerguiam-se do sepulcro de quando em quando, a decisão de não participar nem indiretamente, nem na retaguarda, do movimento de resistência aos militares, as razões, convincentes, sim, para ele mesmo, mas não completamente, aquele restinho de dúvida que ficara; a epopeia de 78, a revolução que ele propôs e desencadeou, a reação dos pequenos canalhas, tudo aquilo de novo, era passado, era o mundo, não havia mais lamento nenhum.

Mas tinha futuro também, enrolado no meio, o fim de braços com Cristina, abraçado com Cristina, solidão a dois com doçura entretanto, a velhicezinha menor com mais ternura, onde, como acabar, a premonição de um tombo na praia, velho morre de tombo, aliás uma boa morte, a consciência pré-eventual, ele sabia, chegava a ver o casal recusando a curvatura do corpo velho e caminhando, respirando o ar salgado, sentia mesmo, o frio da água nos pés, antes do tombo que seria na calçada, na saída, o que ia acontecer.

Tentou pensar na felicidade, o que era, alternativas tantas vezes consideradas: seria feliz a vida plana, cultivada pelos budistas? Oh, tantas vezes, a cultura ocidental tinha claramente outras preferências, as vibrações e ondulações, o papel da excitação na felicidade, e também o da incitação, a excitação do espetáculo e da espera e a incitação da competição, o papel da cidade na felicidade, seria possível a felicidade plena na mesmice rural? Não, para o campo magnético da cultura ocidental urbana, onde altos e baixos da vibração eram imprescindíveis, altos e baixos, sim, bem acentuados, os baixos também importantes porque produziam a felicidade posterior da sua superação. Por exemplo, o baixo que estava vivendo agora e a felicidade quando saísse dele, renovado. A tragédia era aquela infelicidade que não dava tempo para a superação, pela idade, pelo estádio de vida, ou talvez pela profundidade da raiz da dor, pelo caráter definitivo. A perda de um filho era definitiva, mas pior ainda se ocorresse perto da morte de quem perdeu, sem tempo para a sublimação. Por exemplo, se Lena morresse agora, não haveria tempo; se morresse brutalmente, ou se morresse após longa e sofrida doença, consciente do fim e inconformada, pior ainda, sim, ele mesmo podia morrer naquela operação, a probabilidade era até grande, pelo estado em que se encontrava, pela idade e tudo. Diante da morte o pensamento é muito seletivo, só quer revolver coisas antigas, talvez seja o porquê de moribundos começarem a ver antepassados e a falar com eles, a origem dessa ideia de vida depois da morte.

Estava preparado, sim, já de manhã, a claridade começando a entrar pelo vidro da janela, a preparação vinha da própria natureza, sábia natureza, era a doença do fígado que preparava, abatia, pelo desânimo, ia diluindo o gosto pela vida. Claro que, se tudo desse certo, o fígado novo, que coisa esquisita, sensação esta de ter dentro de si, funcionando, um pedaço vivo, um órgão vital de outra pessoa, não podia saber como ia se sentir, mas devia trazer ânimo novo e podia ainda gozar pequenos anos de felicidade, Cristina tinha razão, juntos, aquela ternura o havia convencido, juntos como tinham vivido sempre, mulher lúcida e viva que era, mulher linda que tinha sido o amor da sua vida, como via bem isso agora.

Pequenos anos, porém, esses próximos, não grandes nem muitos, o ânimo subia e descia, natural, o final é sempre pequeno. E repetitivo, e rotineiro, e sem graça, a única era o ficar contemplando o desenrolar da vida pelo mundo, era bom, só o respirar já era bom, mas não o bastante para sustentar um remanchar por mera covardia, não havia o que fazer, a não ser dar o prazer da presença a Cristina, que ainda tinha impulsos de vida natural e sofreria muito com a morte dele. Talvez uma daquelas dores irrecuperáveis pela falta de tempo; só a viúva jovem pode ser alegre.

Uma noite inteira que era a vida inteira, agora a manhã e dali a pouco a maca, e a sala de operação, e anestesia e a sorte; Cristina, numa cama ao lado, ainda dormia.

A manhã já clara, não muito cedo, depois das sete, ele já tendo sentido a impaciência, apareceu uma enfermeira. Edgard acordado e ansioso, talvez tivesse dormido um pouco já depois da primeira claridade, um cochilo talvez, daqueles imperceptíveis, agora era um quarto já iluminado, ele todo expectante pelo que tinha de ser, inconformado com o horário do hospital, pensando: foi-se o tempo em que os horários de hospital eram marcados pelo sol, despertar às seis, ou até mesmo antes, começar tudo às sete em ponto, o cirurgião já pronto e desinfetado. A vida moderna havia atrasado todos os horários. O espetáculo da televisão à noite condicionava tudo, que absurdo. Bem, a enfermeira custou mas entrou e deu bom-dia, eram mais de sete, vinha junto com a servente que trazia o café da manhã, ele estranhou, completamente, Cristina também, algum engano, não podia tomar café, quem se opera deve estar em jejum, bem, ele tinha razão, mas era que ela, a enfermeira, trazia também uma notícia esquisita, incompreensível, não ia mais ser operado aquele dia, talvez no dia seguinte, não sabia, o médico viria explicar dali a pouco, esquisita e misteriosa, muito misteriosa, mas não seria operado naquele dia.

Edgard e Cristina, um olhando para o outro, em espanto.

O médico só apareceu depois das nove horas. E não explicou nada. Isto é, disse que o doutor Deraldo, o cirurgião, o especialista, não podia operar àquele dia, havia tido qualquer impedimento, de saúde dele, com certeza, não podia, pedia desculpas pela equipe, depois veriam qual o dia próprio, o seguinte ou o outro, iam fazer a cirurgia, isso era certo.

E a notícia real veio finalmente por Lena às dez e pouco, pelo telefone, assustadíssima, estava quase pegando o telefone para ligar, para saber notícia da operação, como tinha corrido, se o pai estava bem, estava pensando em ligar quando tinha visto na televisão, no noticiário das dez, parece que desde o jornal das sete aparecia, o tal doutor Deraldo sendo preso, algemado, por chefiar uma quadrilha de venda de transplantes.

Ah, a maldição!

Edgard pulou da cama e não se susteve nas pernas, caiu no chão frio e desinfetado. O tombo, a dor, o abatimento, que era o pior de tudo. Era a maldição, Cristina correu a ajudá-lo, ele repetindo, a maldição.

Inescapável, o nome nos jornais no dia seguinte, a bruta vergonha, a maldição, o depoimento na Polícia Federal, não podia, alegou falta de condições físicas, óbvio, sem condições sequer para falar, mesmo que fosse em casa. Cristina foi, como responsável, Carlinhos ao lado, como advogado. Suando de nervosa, mas assumindo a responsabilidade por tudo, sim, ela tinha procurado o médico alegando que o marido não viveria mais quinze dias ou um mês, já não conseguia mais falar. Negou a transação em dinheiro. O policial argumentou sereno, que iriam abrir o sigilo bancário deles dois e do médico, o sigilo telefônico, se tivesse havido transação com dinheiro, aquilo ia aparecer claramente e agravar a situação deles. Se dissesse tudo, atenuava com a cooperação e podia aliviar a culpa com a condição desesperada do marido. Olhou para Carlinhos, ele fez que sim com a cabeça. Então ela contou. Como foi, a quantia, a intermediação, só não podia dizer o nome do amigo que havia intermediado.

— Ah, isso não, não tenho esse direito e não quero dizer, não vou dizer de jeito nenhum, qualquer que seja a consequência.

Bem, compreendia, estava bem, ela tinha esse direito, só que seria mais uma colaboração para a lei, se dissesse, poderia trazer bônus.

Não, definitiva.

Foram dias e semanas de muita tensão, a coisa nos jornais, até a cara dela saiu, vergonha enorme para Edgard, a maldição, ele não parava de dizer. Depois, tudo se foi apagando aos poucos, eles não teriam prisão preventiva de jeito nenhum, Carlinhos garantia, o caso ia sendo esquecido na imprensa, e o julgamento ninguém podia saber quando seria, mas com certeza muito tempo ia passar, e Carlinhos achava que não haveria nenhuma condenação grave, havia o atenuante forte do risco de vida de Edgard, enfim, eles não precisavam ficar pensando nisso o dia inteiro, os amigos telefonavam, davam apoio, tinham toda a compreensão.

Francis. Ah, claro que a polícia chegou a ele, não por Cristina mas pela ligação de amizade íntima com Álvaro, pela lista de operados já tinha chegado à mulher do Álvaro, e o número do telefone dele estava duas vezes na relação das ligações para o Álvaro. A polícia tinha de ir fundo, o que se investigava era coisa ainda muito mais pesada, ele esperava que o Álvaro não estivesse nessa, esperava e tinha certeza, conhecia o velho amigo, mas a coisa pior era contrabando de órgãos, então o rigor era ainda mais duro, e era a Federal, não tinha como aliviar.

Logo que viu a notícia, Francis intuiu, chegava nele, preparou-se, negou, claro, sua ligação com Álvaro era coisa de amizade muito antiga, podia comprovar, respondeu como pôde, era advogado e policial experiente, sabia enfrentar o desconforto, não tinha nada de safadeza adicional daquela escória da Secretaria, o pessoal era outro, federal, melhor até para ele; no Ministério Público não tinha malquerença, o processo ia durar anos, ele já estava aposentado, não perdia nada, só o dissabor de estar metido naquela encrenca danada junto com o Álvaro. Mais uma encrenca, que podia não ter acontecido, ele já fora das coisas, curtindo velhice, querendo só ajudar, salvar uma vida amiga, podia perfeitamente não ter ocorrido. E lamentava ainda ter metido o Professor e Cristina na encrenca. Só quis ajudar. A vida. Não falou mais com Cristina. Três meses depois abraçou-a comovido na missa do Professor.

Rebeca se jogou toda em devotamento naquele tempo final do pai. Um final emperrado num apagamento progressivo e triste, causado ou não pelo estresse do processo rumoroso, que trouxe de volta acusações anteriores, nunca se pode saber, mas algo que começou pouco menos de um ano depois da morte de Edgard e progrediu, no início bem devagar, acelerando-se meses depois, e cada vez mais, dois anos de esclerose e perda mental acelerada a partir de então, um branco que se expandia, o esvaziamento do ser, de não falar, menos e menos a cada semana, de não sentir afetos nem mágoas, um desligamento que ia e ia, e continuava, desconexão progressiva, ela acompanhando dia a dia, Rebeca, levando-o ao médico, cuidando dos medicamentos, contratando um enfermeiro, fazendo tudo na certeza de que não havia nada a fazer, era a condenação ao não ser mais, ainda vivo. Até ela mesma não ser mais reconhecida, ela, a menina-fada que um dia tinha vindo de Campos para ser mostrada a ele. Que era minha mulher.

Cristina então, ela de novo, a flor destas cartas, e a tristeza dela, funda, funda, funda e solitária, sem qualquer possibilidade de compartilhamento, Lena tinha o seu mundo completamente diferente, casada, separada sem filhos, casada de novo com um homem que já tinha dois filhos pequenos, que passaram a viver com eles, a mãe abandonou, fugiu, sabia lá, eram netos postiços de Cristina, cresciam e não eram netos de verdade, Lena ocupadíssima, telefonava dia sim dia não, aparecia nos fins de semana, nem sempre, cada vez menos, ela compreendia, a filha tinha a vida para viver, não era como ela, Cristina, cuja vida havia terminado, a vida viva havia terminado, a vida do mundo, com sentido de vida. Então, a solidão, a tristeza, o pensamento só no reencontro.

Não era chorosa a tristeza, entretanto, talvez até por isso fosse mais funda, não se dissolvia em lágrimas, era a cama vazia do lado que era o dele, era a poltrona da sala, ele sempre se sentava numa, ela na outra, para conversarem, muito conversavam, era a sombra, o ar dele que faltava, ela ficara vazia, só pensando no reencontro, triste de tristeza seca, solitária.

O reencontro com Edgard, acreditava, esforçava-se por acreditar, vinha o tempo todo a lembrança da morte da mãe, já semiconsciente no leito final, os filhos ao redor, e ela começando a delirar e a falar fracamente, mas inteligivelmente, e a chamar pelo marido, Afonso, Afonso, até que disse, "aí, ao seu lado, Cristina", seu pai, delirando mas apontando para ela, mostrando o pai ao seu lado, e ela sentiu verdadeiramente a presença do pai, sentiu que se dava o reencontro da mãe com o pai, presenciou, testemunhou, a mãe morreu em poucos minutos, expirou diante dos filhos, mas ela viu o reencontro, e a imagem não lhe saía da cabeça.

O reencontro com Edgard, ela esperava e buscava. Procurou espíritas, médiuns, umas duas vezes por indicações que pedia, não convenciam muito essas visitas, até que foi a uma mulher realmente forte espiritualmente, numa sala confusa, pouco iluminada, cheia de gente, que pedia, aflitamente, pedia notícias de pessoas queridas, a mulher respondia vagamente, sentada de branco numa cadeira de pau com encosto, cinza-claro na verdade, à meia-luz, falava fracamente, tal qual a mãe quando morria, Cristina se achegou com dificuldade, abrindo caminho entre os outros, e a mulher olhou para ela, e disse, sem que ela perguntasse nada como os outros, a mulher olhou-a e disse:

— Você que vê uma rosa no céu, é ele, você vê ele, com a rosa, ele te esperando como fazia em vida, com a rosa — disse só isso, e baixou a cabeça.

Oh, a respiração parou, Cristina quase desmaiou naquela confusão sufocante, outras pessoas perceberam o esvaecimento dela e a afastaram para um canto da sala, ela se recuperou aos poucos mas não conseguiu voltar à proximidade da mulher; Julieta, a amiga que a tinha levado, tirou-a da sala irrespirável, preocupada.

Edgard tinha mesmo o hábito de esperá-la com uma rosa, era uma das muitas delicadezas dele. Oh, que lembrança comovente, a da figura dele no aeroporto de Paris, a esperá-la com um buquê de rosas lindas, quando ela resolveu ir se encontrar com ele que já estava em Louvain. Aí, sim, lembranças assim desatavam o choro nela, vindo do mais fundo da alma.

Sim, era costume dele, e aquela mulher tinha visto alguma coisa. E, mais, falara que ela, Cristina, via uma rosa no céu, e ela realmente, desde algum tempo, vinha tendo um sonho recorrente, com a visão de uma espécie de rosácea de catedral, cada sonho trazia uma imagem colorida dessas, de uma rosácea como vitral de fundo de uma grande catedral, inexplicável, como os sonhos, mas era como uma rosa imensa, a mulher também tinha visto isso, era incrível.

Sim, acreditava, devia haver alguma coisa, embora Edgard fosse um descrente total, dizia que médiuns eram pessoas supersensíveis, aquela mulher poderia ser capaz de ler os seus pensamentos, dela, pensamentos até que estavam no subconsciente, como a lembrança das rosas que ele trazia para ela em vida, e a das rosáceas que ela estava vendo em sonhos. Podia ser, mas assim mesmo ela acreditava, tinha de haver um reencontro, como o que a mãe tivera com o pai na frente dela.

A tristeza e a solidão, implacáveis, pensamento rodando em volta do mesmo ponto, vida sem mais nenhum sentido. Não gostava de uísque, nunca na vida tinha gostado, nem Edgard, tampouco, Edgard só gostava de vinho, e de conhaque quando estava frio. Mas ela, na solitude, no retiro, começou a beber um pouco de uísque para aliviar a sensação, era a bebida que mais tolerava, não lhe dava mal-estar no estômago nem dor de cabeça, misturava com água, água pura, não gelo, água pura como faziam os escoceses, segundo Edgard, lembrava-se, as lembranças de Edgard eram de sempre, de sempre, prazerosas e tristes, prazerosas e tristes, tristes, tristes, o uísque aliviava, sim. E toda noite tomava sua dose. Depois toda tarde, na entrada da noite. Acabou bebendo uísque de manhã, pouco tempo depois. A tristeza de Cristina, o uísque aliviava.

Eu fui visitá-la.

Perguntei-me por que e pronto tive a resposta: a paixão da juventude, a graça da minha juventude, até eu descobrir o clandestino, mesmo depois, enraivecido, ainda a amava, odiando o clandestino, que veio a ser meu sogro; ora, a vida.

Fui vê-la por compulsão profunda. Ela mesma abriu a porta e me reconheceu, estava avisada da minha visita, através de Lena, com quem eu passei a manter uma palavra por semana. Reconheceu-me como antigo aluno do marido, que frequentava sua casa. Vestia um robe azul-marinho e chinelas brancas, escurecidas. Era no final da manhã.

Eu também a teria reconhecido, ah, sim, mas, bem.

A decadência, não vou descrever nem falar nada. Aliás, não tive o que dizer diante dela, e certamente ela percebeu que o mutismo era o choque. Também não disse nada. Olhamo-nos, eu a beijei na face fria.

Consternado. Ela havia perdido um dente da frente, um incisivo de baixo.

Não perguntei nada, deduzi que ela não se preocupava mais com a aparência, aquele dente não fazia falta.

Olhei e disse, finalmente, consegui, que só queria lhe dar aquele beijo e dizer que gostava muito dela, que tinha as melhores lembranças dela e do Professor, que me colocava à disposição para ajudar no que precisasse e eu pudesse fazer.

Ela disse muito obrigada e eu senti o hálito alcoolizado. Era perto de meio-dia.

Ela não me disse que sentasse e eu me despedi. Dei-lhe outro beijo e repeti o oferecimento de préstimo.

Saí. Consternado.

Cristina, amor de tempos.

E tudo pode recomeçar, o escritor inventa com liberdade, e na invenção tudo é possível. Se há vontade, Edgard Monteiro pode voltar a falar, não é ressurreição mas inconformidade do personagem que se fez real, isso acontece na literatura, refez-se, materializado no espírito do escritor, leu o que estava escrito dele, suas palavras, seus atos, e não se reconheceu, não consentiu aquele fim. Não, jamais concordaria com a compra de um fígado fora da fila, jamais. Não, na verdade não foi consultado, foi mesmo ludibriado, compreendia o deslize da mulher mas jamais teria aceito, não era questão moral, era sua própria integridade, como a de Sócrates diante da condenação, como, aliás, estava posto no conto, antes da sua rendição. Pois não tinha havido rendição nenhuma.

Bem, fora isso, aquele final inteiramente incompatível, havia outras coisas, queria dizer mais dele mesmo, do seu tempo de vida, do livro que havia escrito, desagradado do que achou pequenez que ficaria na sua figura e na sua vida com a mulher, se nada mais fosse dito. E havia, na verdade, muito mais, uma vida é uma coisa muito grande para quem vive com grandeza, mesmo curta de tempo, é um espaço grande e rico, cheio das vicissitudes e afirmações cotidianas do ser de cada um, que cada um mesmo fabrica, faz grande, se é grande, Edgard pensava assim, sua vida, a dele, por exemplo, tinha sido feita assim, com esta atenção na grandeza, em cada momento.

A vida de cada um, o que só cada um sabe, são as pegadas que deixa na terra no seu caminhar sem caminho, do poema de Antonio Machado, um dos seus preferidos, as pegadas que vê, olhando para trás pode ver e vê, sua vida, mas nunca mais torna a pisá-las. Nunca mais. Indeléveis. O que foi, foi. E o pior, muitas vezes, é o que não foi, o que poderia ter sido e não foi, por falta de cada um, falta de iniciativa, ou de coragem, de grandeza, as mais das vezes.

Havia projeções grandes no tempo dele, Edgard, no tempo anterior ao casamento, que era mais genuinamente dele. Projeções que não tinham sido mencionadas, como se não tivessem existido ou fossem irrelevantes. Projeções, não realizações, mas projeções definidoras de caráter, de grandeza, de nobreza, essas coisas que estão na alma mais que no corpo físico e também fazem parte da vida. Muito forte, por exemplo, ficou a lembrança do projeto de correr o mundo, especialmente o mundo pobre que reivindicava voz audível naquele momento dele jovem, a começar pela África, que tinha sempre um apelo grande junto aos brasileiros, correr a África, começar pelo Congo, a velha colônia belga, morar lá uns dois meses, morar mesmo, em condições iguais às do povo simples, mais pobre, alugar uma pequena casa como as deles, conhecer o povo, comer a comida deles, conversar no dia a dia, deviam falar francês, que ele dominava, conhecer a história, as razões da conflagração que ocorria, a luta da libertação, entrevistar Patrice Lumumba, o grande líder, apresentar-se como jovem jornalista e economista brasileiro, podia arranjar uma credencial do *Semanário*, ah, o velho *Semanário*, que depois publicaria a entrevista, um plano elaborado com certo detalhe, com profissionalismo. Chegou a ter isso escrito, por muito tempo, lembrete de juventude. E depois do Congo, o Quênia, entrevista com Jomo Keniata, o libertador, e depois o Egito, outros dois meses, entrevista com Nasser, finalmente a Índia, pelo menos três meses lá, seria mais difícil a entrevista com Nehru, mas ele já levaria na bagagem as de Lumumba, Keniata e Nasser publicadas. Iria ainda à Indonésia de Sukarno, sim, levaria praticamente um ano viajando, seus pais não lhe negariam os recursos, que não precisariam ser muito grandes porque ele tinha como propósito gastar o mínimo, para se hospedar em condições de conhecer a vida real dos povos. Voltaria com um livro pronto, um livro não só de observações da viagem mas de proposições políticas, um livro de combate, impactante, teses realistas, e aplicáveis em grande parte ao Brasil. Sucesso garantido.

Não foi, é verdade, não foi, a inércia, a vontade corroída sem saber muito bem por quê, amesquinhada, mil motivos se foram acumulando, o velho medo humano se plantou na frente dele, se arranjasse um companheiro de viagem talvez tivesse ido, com certeza teria ido, teria dividido a emoção e o gáudio da realização e teria reforçado o ânimo com uma vontade amiga que somasse. Procurou e não achou; é verdade que buscou, é verdade, ficou falando aqui e ali, como coisa de sonho pronto, sugerindo e esperando que algum outro sonhador se levantasse para somar. Se houvesse grandeza ali em redor, ela se manifestaria. Nada. E faltou o espírito forte para ele enfrentar sozinho. Infelizmente. Não o tinha àquela época, só mais tarde veio a se desenvolver dentro de si; naquele tempo era muito jovem, frágil, faltou rijeza de homem. Mas sonhava grandeza, tinha sonhado grandeza real, e isso era importante biograficamente, não sonhava as coisas banais e mesquinhas dos moços comuns do tempo, dos moços medíocres. Por isso devia constar do conto, como substância dele. Era grande o projeto. E tão próximo da materialização que tinha ficado na memória bem nítido, até nas sensações que havia experimentado no tempo.

Bem, mas não devia afastar-se muito do tema em pauta, o tema da carta, que era a vida dele com Cristina, a vida conjunta dos dois, ela também não tinha falado do tempo dela de solteira. Ficava sem importância. Mas mesmo dentro da vida em comum, muita coisa maior ficara por dizer, e ele queria acrescentar, não se conformava com o texto rarefeito.

— Eu podia então escrever muito mais; não apenas aquela carta mas pelo menos sete livros mais sobre nossa vida — ele diz para ela, Cristina, ali na poltrona, em frente. Ela escuta atenta. — O primeiro, o livro grande dos nossos projetos, falo daqueles maiores, que elaboramos em conjunto, nossa vida foi sempre a dois, os episódios separados, de um e de outro, antes e depois do casamento, não tiveram relevo, vistos agora assim, do fim para o começo no foco conjunto, não tiveram nenhuma importância.

— Oh, o meu separado com Francis teve, desculpe — ela interrompeu —, agora estamos numa outra dimensão de liberdade, eu posso falar, desculpe meu marido, meu amigo e meu querido de toda a vida, mas o caso de Francis teve importância, foi amor, meu e dele também, o dele eu só tive certeza agora no final, quando ele se interessou pelo seu transplante. Foi amor, desculpe, e amor tem relevo em qualquer vida. — Falou no impulso incontrolável, depois pensou que talvez tivesse sido melhor ficar calada.

— Está bem, concedo — ele diz —, não quero travar nosso livro por esta discussão.

E continua:

— Você foi mais rica, admito, concedo, eu só tive um amor, que foi você, o caso de Heloísa não chegou a ser, poderia, um pouco mais e seria, mas não foi, não foi amor, foi tão só um encantamento, uma visão, como ela era bonita, oh, mas não foi, ou foi talvez mais a dor de não ter sido, a dor que você não teve com esse Francis, bem, mas prossigo, o livro dos nossos projetos, de trabalho, de obra, você partilhava todos os meus, que eram seus também, você participava e dizia sempre coisas importantes, eu a escutei muito pouco no cometimento da Universidade, esta é a verdade, estava fascinado, só hoje vejo claro, mas você também estava comprometida até a medula, parecia completamente alienada, acho que era o Francis, sei lá, o fato é que estava muito esvoaçante naquele momento, assim mesmo chegou a tentar me alertar, uma palavra assim de prudência que não me recordo bem, eu é que estava obcecado, obnubilado. Bem, mas adiante, deixando a coisa da

Universidade, as reuniões do círculo que você empreendeu, eu ajudei, era um projeto nosso, ficou sendo, eu participei dele, mas você fez toda a montagem, os colóquios, quarta sim, quarta não, lá em casa e na casa do Hermano, alternando, oh, como foram interessantes, todas a facetas do relacionamento entre psicanálise e literatura, a peça da Solange sobre o encontro de Machado de Assis com Freud, que fertilidade no diálogo, análises de outros textos, outros escritores, que perspectivas, psicanálise não é ciência, é muito mais arte como a literatura, daí a largueza do canal de ligação, seus amigos analistas não admitiam mas a realidade foi se impondo, sua amiga, coitada, a doutora, pessoa tão honesta e amadurecida, eu ficava olhando piedoso para ela e só pensando o tempo todo se ela gozava quando trepava na juventude, via-se que ela não tinha sido feia, teria tido sua graça, a boca, os braços e as coxas remetiam a essa graça passada, ela assediada, teve marido e depois deve ter tido outros, será que gozava? Tinha orgasmos? Desculpe, eu sei que você detesta este modo franco de dizer, desculpe.

— Detesto, sim, tenho horror, se você quer saber, acho que é fala de homem tosco, de baixo calão.

— Pois então desculpe, não quero sacanear, mas eu ficava pensando, sim, só estou recuperando a verdade. Bem, acabou aos poucos o projeto do círculo, a sucessão de encontros, porque tinha de acabar, o tema se esgotou, todo mundo só falava de Freud, só citava Freud e Freud, parecia que não havia outro, esgotou e a conversa foi ficando rala, e cada um foi desaparecendo com uma explicação particular, mas foi feito, e foi realmente ótimo enquanto durou, o seu círculo, nosso, foi realmente uma experiência vivificante de pensamento e de compreensão.

"E outros projetos", Edgard seguia, "viagens, por exemplo, a começar pela viagem a Varsóvia, o Festival da Juventude, oh, graça, as polonesas lindas, todas clarinhas como eu gosto, todas querendo dar e eu louco pra comer cada uma, você também, nitidamente, querendo dar para o nosso guia, o professor de óculos, sisudo e masculino, depois tudo confessado em folguedo amoroso entre nós, tão amigos nós éramos, fomos sempre, e ainda bem que nenhum dos dois foi às vias de fato na Polônia, teria sido um risco muito grande, éramos recém-casados, muito jovens, frágeis, demasiadamente noviços para fazer a coisa com maturidade, como viemos depois a fazer sem desgastar o nosso amor."

"Projetos rurais que nunca realizamos, foi um tempo bonançoso aquele de percorrer fazendas no Vale do Paraíba, como é doce a cor daquela região, as vacas ali, lentas, respirando aquele ar saudável, úberes redondos, elas ficam mais jubilosas e mais cheirosas ali, e com certeza mais leitosas também."

"Ah, filhos, sim, projetamos, acabamos ficando só em Lena, e esta é uma frustração, eu sempre sonhei com uma mesa de família antiga, nós e mais cinco ou seis, como meus avós e bisavós, todo dia, conversando sobre a vida e a grandeza, a nobreza. Este foi realmente um projeto frustrado, deixou um vazio, a família não foi o que queríamos, eu mais do que você, você sempre teve um pouco de medo de não dar conta de uma filharada."

Fez uma pausa de cansaço, não de final de fala, de falta de assunto ou interrupção do interesse, era uma pausa do fígado, que doía mais dentro de Cristina. Ela fez um gesto. Ele inspirou devagar antes de prosseguir:

— Mas não só o livro dos projetos, eu disse sete, ainda posso escrever outros seis, podemos escrever outros seis, nós dois: o livro dos nossos pensamentos, por exemplo, acho que não há os seus e os meus, fomos sempre tão irmanados nos nossos pensamentos, ideias, conceitos, opiniões, sem demagogia. Só no caso da psicanálise houve na verdade uma divergência entre nós; eu sempre achei que é uma prática que estreita a nossa espiritualidade, quer racionalizar tudo, quer explicar tudo objetivamente, por experiências havidas e impulsos da natureza do corpo, forças concretas atuando pela via do inconsciente, enfim uma visão mais estreita do que a multifocal da filosofia, a da velha sabedoria simples do ser humano, até a da mística, muito mais larga, infinitamente. E você mergulhada até a alma nela, sua referência para tudo. Bem, o que eu podia fazer? Aceitar, compreensivamente, foi o que fiz, e reconheço que, para você, a análise teve um benefício importante. Então, pronto, pelo lado dos pensamentos e juízos, essa dissonância única não foi grave, foi até boa para fortalecer a comunhão nos sentimentos. Então, podemos ir adiante, e escrever também o livro dos nossos sentimentos, muito especialmente, muito grandemente, o livro do nosso amor, tão pleno, maduro, colorido, oloroso, macio, belo, a ternura sempre envolvendo o sexo. O livro do nosso amor.

Foi dizendo devagar, de fininho, bem devagar, com os olhos, a maciez do olhar terno, de um e de outro, no aroma da verdade.

— E o livro especial de Lena — Edgard continuou —, ela quase não foi falada na carta mas foi o nosso fruto, nada mais presente e precioso em nossa vida. Naquele tempo os casais faziam o livro do bebê, lembra-se? Todo filho que nascia tinha um livro com fotos, fatos, frases, visitas, um arquivo que ficava lá, só era visto quando um morria, que besteira eu disse, nós não fizemos o de Lena, sua mãe reclamou mas você me apoiou, não éramos como todo mundo, mas agora, sim, agora seria a hora, podíamos escrever, juntos, nós dois, de trás para a frente, o livro de Lena, nosso fruto, nossa graça.

    O livro das suas brincadeiras, também, nossas brincadeiras infantis, você sempre tão menina, e prazenteira, e inventadora, sempre tão surpreendentes os nossos dias, oh, que bom. Bem, sejamos honestos, não vamos esconder os caroços, o livro, também, dos nossos desentendimentos. Dores. Não há vida sem dor. Bem, e o livro da nossa velhice, que pena.

— Claro, Edgard, eu escreveria todos eles com você, e concordo inteiramente, nossa vida foi mesmo uma só, nenhum de nós dois poderia escrever sobre a vida sem o outro estar junto na lembrança e na escrita, até mesmo nas palavras empregadas. Digo mais, vou mais à frente, o que se passou antes separadamente em nossos tempos foi pessoal, de cada um, mas foi também como que uma preparação para o nosso encontro. Dá pra pensar assim, e eu penso assim. Eu me lembro bem, por exemplo, do meu primeiro estremecimento de coração por um menino, foi no colégio primário, eu devia ter uns sete anos, antes do Sion eu fui do Andrews, uns dois anos só, era misto e havia na classe um menino Mário, meio gordinho, clarinho mas muito bonitinho, vivo, inteligente, falador, e ainda cantador e dançador, eu sei porque a professora escolheu-o, dentre todos, para fazer o par comigo na festa de fim de ano, numa peça que foi um casamento de roça, dançado e cantado no palco por nós dois. Exultei, porque eu também o teria escolhido; durante todo o ano nos olhamos, dizendo vez aqui outra acolá uma palavrinha qualquer; ele era o melhor, o que me atraía, inconsciente, claro, não sei por quê, gordinho como era, a delicadeza, talvez, a inteligência. E sentia a reciprocidade, o coração dele, a voz quando ele dizia uma palavra para mim, a voz era diferente, eu captava, ele olhava para mim, e o jeito que olhou quando a professora nos escolheu, parece que estou vendo. Adorou dançar e cantar comigo no palco, parecia uma representação, era uma representação, era para ser uma representação, mas era também, para nós dois, uma realidade, um casamento, e nós de braços dados, vestidos de roceiros, ele com uma camisa larga, quadriculada, e um bigode pintado de carvão, e nós dois cantando e dançando, de braços dados, de mãos dadas: no dia do meu casório teve um festão danado, oiava por todas banda não fartava memo nada; tinha pamonha, mio verde assado, leitoa frita e um franguinho arrechiado. Oh, era você, Edgard! O Mário era você antecipado, vivo, eu juro, sua delicadeza, sua inteligência, como sei disso hoje.

— Que bom, que você lembrou isso, o primeiro amor, e observou correto a repetição das coisas, eu também hoje vejo você nas meninas que me tiravam suspiros naquele tempo, já tinha pensado isso, você me deu luzimento. Vou numa lembrança especial, a que mais me moveu sonhos, antes mesmo de masturbações, antes de qualquer sexualidade bem formada, eu sonhava com uma menina chamada Elsie, que morava na casa quase à frente da minha, era uma casa de vila, ela morava ali, logo saía e entrava em casa todo dia várias vezes, e eu na janela suspirava, mas nem de longe me arriscava a uma declaração, nem sequer a uma demonstração, eu nunca falei com ela, nem um bom-dia, era uma vergonha monolítica, uma inibição intransponível, e um dia, fatídico, um tio meu, sempre brincalhão, comigo e com meu irmão, a gente gostava, dele e de suas brincadeiras, que eram gozadoras mas carinhosas, amigáveis, sentíamo-nos tratados com intimidade de amigo por alguém da geração dos adultos, ele era irmão mais moço de meu pai, pois esse tio um dia pisou na bola, feio, perguntou alto, para toda a turma da rua, na frente de casa, perguntou alto: quem é a namorada do Edgard? Perguntou olhando para ela, olhando de frente para Elsie, quase a dizer é ela. E ela, patife, até sorriu. Puta que pariu! E eu me retirei, fui para dentro, afundado, tranquei-me no quarto, não jantei, só abri horas depois para meu irmão que dormia no mesmo quarto, e não dormi, a vida tinha acabado para mim numa humilhação estraçalhante, irremediável, como ia ser no dia seguinte, nos dias seguintes? Só o suicídio, ou o duelo, fiquei dias sem falar com esse tio que era muito querido, desejando que ele desaparecesse no mundo, cara feia mesmo.

"E, você tem razão, completamente, nessa coisa da preparação para o tempo futuro: Elsie era você! No tipo, e nos cabelos, na boca rasgada, no talhe e na figura, e que segurança, ela era mais velha que eu, que altivez ela tinha, todo o esforço que fiz na vida subsequente foi para me equiparar a ela na sobranceria. E foi assim que cheguei a você, foi assim que eu vi você, foi nesse empenho. Ela já era você."

Era uma conversa nova.

Após tantos anos, muitos, de falas íntimas, aquela era uma conversa nova para os dois. Final? Algo ela trazia que podia ser final mas era novo para eles, o tempo, talvez, o tempo era novo, o tempo refluente, referido ali daquele modo, escapava das coordenadas comuns e dava uma sensação de ser fora do tempo, uma coisa assim de eternidade, palavras que eram as de sempre para sempre, numa conversa na eternidade.

— A vida é engraçada — Cristina retomou —, eu falo com você agora, eu escuto você, como se você ainda estivesse naqueles anos passados de vida, aqui ao meu lado, como fazíamos, nós sempre tivemos o que conversar, que coisa boa, sei de muitos casais, as mulheres me contavam, muitos casais que não têm o que conversar entre si, são casados porque fazem sexo de noite na cama, mas só trocam palavras objetivas, tenho que fazer isso ou aquilo, ou então sobre os filhos, conversam e discutem alguma coisa em relação aos filhos; saindo daí, não têm nada a dizer um ao outro, fazem um programa juntos, vão ao cinema juntos ou a um show, porque não precisam dizer nada um ao outro, é só ver e escutar, depois um comentário em monossílabo, gostei, não gostei, mas, por exemplo, sair para jantarem juntos, não saem, porque ficariam o jantar todo olhando um para a cara do outro sem ter o que dizer; então têm que combinar com outro casal amigo, para terem o que falar. Isso nunca aconteceu conosco.

"Eu acho que com meus pais também era assim, eles tinham o que conversar, sempre, pelo que eu me lembro. Tanta coisa eu me lembro, Edgard, assim é esta unidade de consciência, o eu de cada um, não quero falar de inconsciente, você sabe o quanto ele é forte e faz parte dessa unidade que é cada pessoa, só vim a descobrir isso mulher feita, não sei se você tem razão, se a análise estreita a visão das coisas, pode até ser, não vamos discutir, o fato é que, para mim, foi a libertação, foi a descoberta de mim mesma, do meu continente, o meu novo mundo, mas, voltando, as lembranças da gente são a coisa mais importante dessa unidade consciente de cada um, eu me lembro tanto, por exemplo, de discutir em casa, menina, se eu estudaria ou não alguma coisa, quando estava terminando o científico, desculpe, vou sair do foco conjunto, eu menina, eu preferia, se fosse estudar, fazer Medicina, tinha escolhido o científico por causa disso, como uma preparação, e sentia que papai não aprovava muito, eu metida numa turma de rapazes estudando o aparelho reprodutor do homem, claro que ele concordaria se eu quisesse muito, ele não era um idiota, mas o caso é que eu não fiz questão, não estava muito entusiasmada, eu queria, sim, era ser aeromoça, ah, isso sim, era paixão, aeromoça da Panair, viajar pelo mundo, ser livre, mas isso realmente era sonho infantil, claro que eu nem cheguei a falar, ficou como um desejo reprimido, imagine, eu sabia que era completamente impossível."

Parou, abanando a cabeça em sorriso saudoso, lá longe. Continuou:

— Era assim, meu amor, a gente hoje nem se lembra mais que era assim, mulher não precisava fazer faculdade, eram poucas as que faziam, mulher casava, pronto, fazia muitas vezes um curso de prendas domésticas, mamãe chegou a falar em me botar num Instituto Social, uma espécie de colégio de freiras que dava um curso de dona de casa, ali no Humaitá, eu acho até que o Instituto ainda existe, claro que o curso não deve existir mais, vê se tem cabimento, como as coisas eram diferentes, mas aí eu me recusei, era demais, eu estava namorando, encaminhada no casamento, eles aprovavam meu namorado, não tinham por que se preocupar. Foi quando apareceu você, sua figura, seu encanto, vi logo que se tratava do meu amor de vida, como se eu tivesse nascido para ele, e eles também aprovaram. Mas veja, a conspiração dos elementos, se eu tivesse entrado na faculdade provavelmente não teria arribado no seu olhar, no seu cuidado.

"Da nossa turma, aliás, umas quarenta, só três foram fazer faculdade, a Sofia, que fez Arquitetura, a Sônia, que foi ser química, engraçado, ela era craque em ciências, o colégio tinha um laboratório e ela gostava de ficar lá, fazendo experiências, era diferente mesmo das outras, e a Cândida que começou Medicina mas parou, se apaixonou por um pianista, ela também tocava piano, e foi ser uma espécie de ajudante dele, claro, se casaram, foram para a Espanha, o pai dele era espanhol, e eu nunca mais soube dela. A vida."

"E então nós nos casamos, ah, deixe eu contar de novo, e fomos passar a lua de mel viajando para o sul, você dirigindo um DKW nacional, nosso carrinho novinho, verde-escuro, como foi bom, a liberdade, senti-me adulta pela primeira vez, saímos, paramos primeiro em São Paulo, dois dias só, lembra-se? Nós não gostávamos muito de São Paulo, só paramos porque você tinha um amigo na Universidade e queria conhecer a USP que já era famosa, Lévi-Strauss, Braudel, era famosa, ficamos acho que três dias e fomos para Curitiba, era uma cidade pequena naquele tempo, muito simpática, eu percebi logo que você gostava das lourinhas, você tem o vício, sempre teve, ah, as polonesas, um vício, de olhar as moças bonitas, principalmente as louras clarinhas, você tentava reprimir e não conseguia, era uma compulsão, como eu me lembro, deixe eu contar, houve o primeiro arrufo nosso lá em Curitiba, você não tirou os olhos de uma loura de olhos azuis num restaurante que servia um franguinho delicioso, com um vinho delicioso, num lugar chamado Santa Felicidade, não me esqueço nunca, e você não conseguiu deixar de olhar para a loura e estragou o nosso jantar, em plena lua de mel, bem, foi a primeira vez, depois, aos poucos, eu fui me acostumando e aceitando, desde que não fosse demais, um namoro descarado."

— Nunca; descarado, jamais.

— Está bem. Curitiba, um frio danado, era outubro, deixe eu continuar, você fez questão de fazer a viagem de trem de Curitiba a Paranaguá, a famosa obra de engenharia na beira do penhasco, uma beleza, realmente, nunca vou me esquecer. De lá fomos a Santa Catarina, Joinville, oh, um encanto, subimos o vale do Itajaí, já tinha um arremedo de festa de outubro em Blumenau, que felizes nós estávamos. Não trepávamos tanto como se dizia que era na lua de mel, mas adorávamos a cama, preferíamos a qualidade à quantidade, sempre foi assim, você nunca foi um garanhão desses de só querer trepar, pode-se dizer até que você trepava pouco, mas o que fazia, fazia muito bem, eu estava feliz, nós estávamos felizes, fomos para o Rio Grande do Sul, outro país, não é? Ficamos uma semana na serra e adoramos. Essa viagem foi o nosso sacramento.

— Sim, que boa palavra você encontrou; foi o nosso sacramento.

— De lá fomos ao Uruguai, lembra? Ah, que país simpático, que gente simpática, e educada, nada a ver com a arrogância dos argentinos. Os casais brasileiros daquela época iam passar a lua de mel em Buenos Aires, era a metrópole sul-americana, todo mundo queria ir para lá, e nós fomos para o Uruguai, isto é, fomos ao sul do Brasil e depois até Montevidéu, que coisa gostosa. Claro que passamos um dia em Buenos Aires, uma bela cidade, sem dúvida, aquelas avenidas, fomos naquela lancha rápida, acho que se chamava aliscafo, está bem, só para conhecer, não para curtir, curtimos o sul e o Uruguai.

— Curtimos nossas primícias.

— Curtimos com inteligência, com sabedoria, meu amor, com sensibilidade, dá até um certo orgulho ressaltar isso, e também com elegância, como você sempre fez questão, da elegância e da nobreza, ah, nossa vida, a qualidade, quanto ela se deve a você.

Cristina tinha os olhos úmidos, brilhantes de emoção. Parou um pouco, olhou e viu Edgard também emocionado. esperando, escutando e esperando, e quase adivinhando o que ela ia dizer ainda. A bênção final. E ela disse:

— Sim, fomos mais que privilegiados; fomos abençoados.

Ela queria dizer: tivemos essa capacidade de usufruir a vida em qualidade, a felicidade que é a própria vida. O ato primordial da felicidade é viver com vista larga e sentidos apurados, com a intuição da beleza e da compreensão das coisas, comer, beber, dormir, respirar bem, largo, até mesmo excretar as coisas do corpo com prazer, fazer bem todas as funções vitais, trepar, óbvio, com amor e com abandono, tudo com libido solta, até para ver o campo e ouvir os pássaros é preciso que a libido esteja solta e os sentidos bem abertos. Ela queria dizer em finalização mas não precisava, eles sabiam. Melhor dizer só:

— O requinte eu aprendi com você, Edgard.

Era amor.

Tinha acabado, finado. Mas ela não aceitava, não consentia:

— Depois, foi a viagem à Polônia, já falamos. Meio século se passou e como eu ainda gosto da Polônia, até hoje, sem nunca mais ter ido lá. Gosto do restaurante polonês da rua Hilário de Gouveia, gosto do clube polonês na rua das Laranjeiras, adoro Chopin e aquela Maria Slodowska que foi Madame Curie. À Polônia está ligada nossa passagem por Paris, antes; o Sena, a margem esquerda, os livreiros, os sinos da Notre Dame repicando antes da missa do domingo, o órgão magnífico, o canto, essas lembranças indeléveis, o hotel da Madame Sauvage, na rue Cujas, cortinas vermelhas no nosso quarto, uma pia e um bidê, que engraçado. E o Festival, que encontro, a juventude comunista do mundo, e nós, privilegiados, tínhamos algum dinheiro a mais, e esticamos a viagem, você ainda era livre, não estava no Banco, nós passamos três meses na Europa, fomos a Viena, até hoje tenho a canção na cabeça, *auf wieder sehen*, que tocava de noite, perto da nossa pensão; fomos a Veneza, incomparável, e a Roma, a maior de todas.

— Claro, a sua pele era de seda, como eu aproveitei, alisei, alisei, sem descanso; sua boca era um pomo puro, macio e suculento, com que carinho a mordi, tanto, tanto — Edgard não dizia essas palavras, ia dizer mas não precisava, guardava o empenho, quase dizendo, mas não, olhando para ela que quase escutava o que ele quase dizia.

— Era um tempo de disponibilidade total, aí, sim — disse.

Significava, e ela entendia, que o trabalho é indispensável, insubstituível mesmo, tinha que vir, eles não ficariam anos na Europa sem trabalhar, naquela disponibilidade total. Era preciso que viesse o que tinha de vir na sequência da vida, o trabalho, o cotidiano rotineiro; que tem de existir. Mas que tem de ser diversificado, desrotinizado, como um propósito, nos atos e nos sentimentos, nos chamamentos. Pensou, concluindo:

— Nós conseguimos, e isso tem de estar na carta, no conto.

— Conseguimos e continuamos, Edgard.

— Continuamos, no sentimento, na filosofia e no sexo. — Veio um fiapo de força e ele soltou: — Eu só não compreendi, nunca entendi a sua depressão, gratuita e inútil, nunca entendi a razão dela, daquela doença, que é incompreensível em si mesma.

— Doença, você disse tudo e muito bem. Doença é assim mesmo, vem do nada, não precisa razão. Tive uma tia, Ecila, você sabe, que foi, que foi, do nada, não tinha nada, não era aleijada, não era disforme, tinha recursos, teve namorados, pretendentes, e foi, e foi, e se matou de depressão, de anulação, meu avô fez tudo. Doença é assim. Eu tive outros recursos, claro, que ela não teve, era vista como maluca, coitada, no tempo dela era assim, assim como as pessoas morriam de pneumonia e tuberculose aos montes. Eu tive recursos e busquei-os a tempo, salvei-me, Edgard.

— Que bom!

— Que bom, meu amor, foram nossos tempos.

— Tempos foram, são e serão, é assim para o ser que tem consciência. Virão outros tempos, de outros, não mais nossos, mas tempos como os nossos.

— Claro, com certeza, cada vez mais velozes, além da nossa capacidade, as pessoas se adaptarão, o ser humano se adapta ao infinito, a conhecimentos novos quase a cada dia, sinto arrepios, conhecimentos novos e detalhados, por exemplo, da mente humana, da química humana.

— Tratamentos eficazes com drágeas de felicidade.

— Não ironize.

— Não é ironia, é uma constatação, que o inglês, o Huxley já tinha feito, mas é também uma contestação, Cristina, uma especulação a sério e uma indagação: é justo eliminar toda a infelicidade do ser humano, com droga ou sem droga? Nem pergunto se é possível, pergunto se é justo, se é bom.

— Como assim?

Arrebatou-se e falou: — Assim, será que não é parte essencial da vida humana um tempo de alguma infelicidade, frustração, doença, desânimo, coisa que o valha, não será necessário? Um contraponto necessário ao tempo de felicidade, não será?

— Meu amor...

— Essa ânsia de felicidade a toda hora — ia devagar — será que não é um vício, o vício da felicidade, o cara não poder ter um minuto de contrariedade, tem que tomar logo, ansiosamente, uma pílula de felicidade, uma droga, uma cocaína, uma endorfina sintética, será que isso é bom, mesmo que não faça mal à saúde — suspirou esvaído — esse tratamento rápido e eficaz?

— Não sei, você está torcendo demais a coisa, não é isso.

— É sim, todos sarados, de corpo e de alma, o ideal da medicina e da psicoterapia, o corpo sempre rejuvenescido, plastificado, a alma permanentemente acariciada com endorfina, é esse o futuro brilhante? Não quero. Quero a velha natureza humana, com neuroses e dramas existenciais.

O Professor lenteava as frases, respirando e demorando nas palavras, que já não lhe pareciam tão exatas, olhando o chão em postura de resignação. Cristina achegou-se:

— Está bem, eu também prefiro, mas afinal essa discussão não é nossa, não tem nada a ver conosco, acho que não será nem do tempo de Lena. O nosso tempo na frente é fácil, sem esforço, não tem nada dessas indagações, é só olhar e viver, deixar viver, com carinho.

— Deixar viver, *let it be*, deixar ser, parece a coisa mais fácil, e, entretanto, entretanto nem sempre é; pela mente até que vai, a gente controla mais ou menos, eu estou mais que preparado pra deixar rolar, mas pelo corpo não é fácil levar, pelo fígado, às vezes a fraqueza é de arrasar.

— Eu sei, claro — estava agachada na frente dele, levantou-se e se sentou no braço da poltrona — pra você é o fígado, é muito mais difícil, pra mim são outras coisas, também difíceis mas ridículas, a gente vai levando. Difícil mesmo é ficar sozinha, nunca mais ter carinho, nunca mais ser beijada. Esse passado do futuro, passado morto, difícil paca. Eu não quero esse tempo morto, Edgard, prefiro ser extinta, mil vezes, não vou ser uma suicida mas espero que o meu corpo me escute e faça tudo por ele mesmo.

Abraçou-se ao Professor.

— Assim você, assim cada um — pausou, finalizou —, a vida que foi, as pegadas que cada um deixa na terra no seu caminhar: olha para trás, vê, e nunca mais as pisa, nunca mais, mas vê, é um belo poema, acho que já falei dele.

Cristina preferiu calar, sim, concordando, as pegadas dela, próprias, pegadas erradas da sua vida que eram só dela, não havia por que inseminar qualquer desgosto novo em Edgard, comentar coisas desfeitas, ou não feitas, os filhos a mais que poderiam ter tido, essa a falta maior, de longe, a alegria viva a mais, dois ou três mais que estariam agora dando mais continuidade e alegria e unidade à vida última deles, que afinal era uma só vida, dois seres próprios mas uma vida, não só uma só carne. Ela tinha manobrado e recusado outros filhos, com medo. Que perda de substância, ah, que coisa doída hoje, perda de vida por insegurança infantil, imperdoável. Não tinha coragem de falar sobre isso naquela hora tão parecida com a final. Não dava, simplesmente não dava. Ficava com o peso para si. Nos sonhos que antigamente relatava e a doutora interpretava, via sempre Teresa, a irmã mais velha, carregada de filhos, crescendo, crescendo, engordando, mas sempre rindo de felicidade com os filhos pela mão e pelo colo, querubins rechonchudos enrolados nela, competente, capaz, mãe criadora, aleitadora, peitos enormes, e com certeza satisfeita sexualmente também, mesmo gorda, se procriava era porque Evandro a fecundava. E ela, Cristina, como tinha sido menor, sempre se alimentando de olhares masculinos, preocupada com suas linhas, fescenina, pequenina. Não tinha coragem de confessar, nem naquela hora de completa abertura, de perdão total, acrescentar uma dor nova, que nem estava sendo considerada. Os olhares dos homens é que a fertilizavam, e não podia ter mais filhos por isso, sentia raiva agora, que infantilidade mais tola. Era assim, tola mesmo, ela era olhada, cobiçada e depois sonhava, teve o sonho na cama com o Brizola, depois da reunião dos professores em que o Brizola não tirou o olho dela. Prazeroso, aquilo, muito, mas que prazer fugaz e leviano. Pequeno. Não confessaria. Aquilo era realmente só dela, feio demais, levaria para o túmulo.

Era final, sim, aquela hora, era também o sentimento de Edgard, não que ele fosse morrer ali na poltrona, naquele exato momento, mas era a última conversa deles, não haveria outra, os dois sabiam, o fim, e ele não fraquejava, era admirável, sentia-se a si mesmo, ela estava mais triste do que ele.

Tinha sido uma decisão dela, sozinha, poucos meses antes, ele sequer tinha tido ideia da possibilidade do transplante ser feito por fora da fila. Ela tinha decidido sozinha, com o conselho do Alberto, sim, mas decisão só dela. Sabia, tinha certeza de que seria também a decisão dele, se ela abrisse o oferecimento de Francis, mas não precisava, seria só uma causa a mais de indignação dele, um sofrimento a mais, inútil, porque certamente ele recusaria, por honra, por orgulho, para não perder o tônus, ela bem sabia, eles realmente pensavam um pelo outro.

Era o final.

Tinha procurado Alberto após a conversa com Francis no almoço.

Que relação complicada aquela com o irmão. Curioso é que a Doutora Zélia não dava muita importância, dizia que o problema, no caso, pelo que ela contava, o problema era todo dele, Alberto, que sofria e precisava de ajuda, não ela, Cristina. Era ele o apaixonado incestuoso, que se masturbava sem parar, a juventude toda, puxa, ela não era informada diretamente, o assunto era tabu em casa, principalmente para ela, mas os pais, o pai principalmente viveu anos em pânico crônico, anos, só muito depois a mãe contou para ela, depois que Alberto estava curado, casado, mas o pai achava que ele tinha a doença do vício solitário, incurável, maldita porque inutilizava o homem para o sexo normal, para a vida normal, para o amor, para o casamento. Um tabu, sim, um verdadeiro drama que pairava no ar da casa, com perspectivas de tragédia, o pai arranjando mulheres para o Alberto, mulheres lindas, dispendiosas, competentes profissionalmente, e ele nada, um drama que beirou a tragédia. Ela não sabia de nada na época. Mas intuía, claro, sentia o clima, tinha até uma certa repugnância pelas mãos amareladas de Alberto, não definia bem por quê, era por algo que estava no ar, imagine se tivesse sabido de tudo, ela gostava muito do irmão, imagina se soubesse que ele era impotente porque sonhava com ela, desejava-a perdidamente, se masturbava várias vezes por dia com aquelas mãos pegajosas pensando nela, que tumulto de pensamento ela teria vivido, não teria tentado satisfazê-lo, isso não, oh Deus, talvez fosse até pior, essas coisas da alma são indecifráveis. Mas com certeza ia aumentar o carinho por ele, e ele aumentar o desejo por ela, oh Deus. Bem, ela não tinha sabido e ele tinha se curado, não sabia bem como, nem o próprio pai, parece que uma mulher simples, uma enfermeira do hospital onde ele fez a residência, somente então, ele um homem, uma mulher do povo, nem tão bonita, teria uma noite masturbado ele e daí a coisa teria evoluído para uma relação normal. Bem, Alberto agora era normal e muito bem-sucedido na vida, era um dos principais cirurgiões vasculares do Rio, conceituadíssimo, sério, realizado, casado, pai de dois filhos, um cara normal e inteligente, e maduro, sabedor das coisas, era a pessoa absolutamente indicada para um conselho naquela hora.

Foi taxativo, nem pensou muito, ouviu até o fim tudo o que ela disse e foi direto:

— Eu não faria, nem falaria com ele. Primeiro porque essas operações clandestinas têm sempre que evitar a ciência de alguém, às vezes alguém importante da equipe, ou alguém a quem se precise recorrer em caso de emergência, enfim, enganar pessoas que podem vir a saber da verdade sonegada, por um fio de descuido, até entre enfermeiras, é um risco maior, tudo em segredo, o que já cria uma tensão na cirurgia. Depois porque, se fazem uma vez, duas, dez, vinte, mas acabam sendo descobertas, e todos os implicados são envolvidos. Já imaginou Edgard descoberto, mesmo dali a um ano? Eu não faria, isso é uma coisa muito grave, não conheço esse médico mas garanto que ele acaba fotografado.

Saiu do consultório completamente convencida. Nem falaria com Edgard. Diria a Francis que Edgard tinha recusado, e pronto. Era o certo, era o correto, era o melhor. Era o fim, sim, mas era o melhor.

E não foi um fim aflitivo. Fisicamente, foi suave, um enfraquecimento progressivo mas sem angústias, morrendo devagar como mineiro, seu pai dizia, ela velando, até o fim, na casa de saúde, até sorrindo para ele, disfarçando lágrimas, ele percebendo, sorrindo também, finando, foi assim.

Este livro foi composto na tipologia Minion Pro
Regular, em corpo 11,5/16, e impresso em papel
off-white 90g/m² no Sistema Cameron da
Divisão Gráfica da Distribuidora Record.